"Je regrette que l'Occident ne suive pas cet usage"

Storm faisait allusion à la fleur dont elle avait orné sa coiffure.

"Si vous approuvez cette mode," fit Rann d'un air dédaigneux, "il serait dommage de vous décevoir."

Puis il s'avança, la saisit par les épaules et l'embrassa violemment, comme s'il voulait la punir d'un méfait quelconque… Storm se débattit.

Il la relâcha brusquement et lui lança : "Ne me faites pas croire que ignorez le sens de cet ornement… celui que vous portez, à demi éclos, est réservé aux filles célibataires. Il indique qu'elles recherchent des soupirants."

Puis d'un ton sarcastique, il ajouta : "Vous êtes seule à blamer si votre invitation directe a été acceptée."

Comme l'averse tropicale

Sue Peters

Harlequin Romantique

PARIS · MONTREAL · NEW YORK · TORONTO

Publié en octobre 1983

© 1983 Harlequin S.A. Traduit de *Man of Teak,*
© 1982 Sue Peters. Tous droits réservés. Sauf pour des
citations dans une critique, il est interdit de reproduire ou
d'utiliser cet ouvrage sous quelque forme que ce soit, par des
moyens mécaniques, électroniques ou autres, connus
présentement ou qui seraient inventés à l'avenir, y compris la
xérographie, la photocopie et l'enregistrement, de même que
les systèmes d'informatique, sans la permission écrite de
l'éditeur, Editions Harlequin, 225 Duncan Mill Road, Don Mills,
Ontario, Canada M3B 3K9.

ISBN 0-373-41217-7

Dépôt légal 4ᵉ trimestre 1983
Bibliothèque nationale du Québec et Bibliothèque nationale
du Canada.

Imprimé au Québec, Canada—Printed in Canada

Lorsque Storm était née, ses parents l'avaient baptisée ainsi du mot anglais signifiant « orage » en souvenir de celui qui avait fait rage la nuit de sa naissance. Et aujourd'hui, un orage tropical menaçait de briser sa carrière. Il fallait l'éviter à tout prix. L'avion-taxi avait beau n'être plus qu'une épave, il restait sûrement un moyen d'atteindre la côte à temps. Hélas, comment Storm parviendrait-elle à attendrir l'étranger au masque impénétrable qui l'observait d'un œil impassible ?

— Il *faut* que vous m'aidiez, insista-t-elle avec l'énergie du désespoir. A Kulu, le bateau pour l'Angleterre appareille dans deux jours, et je dois absolument me trouver à son bord.

Si seulement son interlocuteur pouvait s'asseoir ! songea-t-elle avec une pointe d'humeur. En effet, il la dominait de sa haute stature, et la jeune fille était obligée de tordre son cou pour implorer du regard cet inconnu immense au fin visage bronzé et à l'expression peu coopérative.

L'homme aux prunelles d'un vert intense l'examinait d'un air indifférent. Il semblait prendre note, avec une précision glaciale, des boucles follement ébouriffées de sa compagne et des taches de suie qui maculaient son teint au point de le rendre presque aussi noir que ses grands yeux lumineux. En remarquant une petite broche en ivoire sculpté, épinglée au revers de sa veste, son expression se fit curieusement méprisante.

Gênée par cet examen indiscret, Storm joua machinalement avec son bijou joliment gravé : malgré son prix élevé, elle n'avait pas hésité à l'acquérir en souvenir de ses vacances dans ce paradis tropical.

Cependant, l'homme gardait les yeux rivés sur cet objet, et la jeune fille s'efforça de laisser tomber sa main pour ne pas trahir sa nervosité. D'instinct, elle avait classé son compagnon parmi ses adversaires, et ne voulait pas qu'il devine son trouble.

— Je vous le répète : je ne peux pas me priver de mes hommes pour vous emmener jusqu'à la côte, déclara l'étranger sans chercher à dissimuler son impatience.

— Mais je n'ai besoin de personne. Je sais conduire et ne vous demande qu'une voiture. Vous disposez certainement d'une Land Rover. Si vous préférez, louez-la-moi au lieu de me la prêter...

Or, Storm n'avait pas d'argent sur elle et ne possédait que ses vêtements en piètre état. Son allure générale ne plaidait guère en sa faveur : son splendide tailleur pantalon avait mal résisté à l'atterrissage forcé en pleine jungle. Cependant, même un esprit obtus aurait aisément compris qu'il ne fallait pas se fier à son apparence : puisqu'elle avait les moyens de voyager en avion-taxi, ses ressources lui permettaient de louer une Land.

— J'obtiendrai sans peine un prêt bancaire à Kulu afin de vous rembourser, poursuivit-elle.

Storm se refusait à accepter la charité d'un individu aussi arrogant, aux cheveux fauves comme la crinière d'un lion, et aux yeux verts hostiles.

— Il n'y a aucun véhicule, remarqua l'homme.

— Je n'en crois pas un mot ! s'exclama Storm avec

colère. Vous venez de me dire que vous êtes à la tête d'une exploitation forestière de bois de teck, et à présent vous m'annoncez que vous n'avez pas de moyen de transport !

— Ils sont au nombre de trois : la marche à pied, les pirogues ou les éléphants, rétorqua-t-il d'une voix sèche. Le bois est acheminé par voie fluviale : n'avez-vous jamais entendu parler de flottage de trains de grumes ?

— En ce cas, je vous emprunterai une pirogue, coupa-t-elle, peu intéressée par ses explications.

Elle se moquait bien de tels détails ! Seul comptait son désir de fuir au plus vite ces quelques huttes éparses, méritant sans doute l'appellation de village pour les habitants du cru. Alentour, un océan de verdure couvrait les collines. En outre, Storm supportait mal la présence de cet arrogant personnage, visiblement adapté à cette vie sauvage.

Entre ses longs cils noirs baissés, elle le contempla : il était très attirant. Dans sa propre profession, sa prestance en aurait rapidement fait une star. Sa couleur de cheveux fauve rappelait la crinière d'un lion ; son corps musclé et athlétique respirait la force et la puissance. Un tel homme était sans doute habitué à séduire facilement les femmes, mais elle, Storm Sheridan, actrice célèbre, était bien décidée à ne pas succomber à ses charmes !

Après tout, elle n'était responsable de rien : l'avion affrété par ses soins avait été pris dans un brusque orage tropical. A cause d'une avarie, il s'était écrasé au sol au bord d'une rivière, non loin de la clairière où elle se trouvait à présent. Après cet atterrissage forcé, l'appareil s'était enflammé, et toutes ses affaires avaient été englouties dans l'incendie. Par chance, le pilote et sa passagère avaient réussi à sortir indemnes de l'aventure. Bien que les dommages soient relativement bénins, cela n'excusait pas l'attitude résolument peu secourable de cet étranger.

Des hommes à la peau brune, vêtus de shorts déchirés, et bardés d'armes étaient apparus comme par magie sur les lieux même de l'accident, et avaient conduit les deux rescapés jusqu'à l'habitation la plus proche, avant de se fondre à nouveau dans la jungle, comme des spectres, sans attendre un remerciement. Storm regrettait de ne pas avoir été amenée dans un endroit plus hospitalier.

— Je ne puis me priver d'un homme pour l'affecter à votre pirogue, répéta l'étranger.

Son ton cassant faillit provoquer une remarque acerbe de la part de son interlocutrice, exaspérée par ce leitmotiv.

— Je n'en demande pas tant, jeta-t-elle en se contenant. Je m'adresserai à un habitant du village ou au pilote pour conduire mon esquif. L'idée de demeurer ici ne l'enthousiasme sans doute pas plus que moi.

— Si vous n'aviez pas engagé le pilote inexpérimenté d'un appareil en mauvais état, vous ne seriez pas ici, rétorqua-t-il.

— Je n'avais pas le choix, riposta Storm, les joues empourprées. C'était l'unique façon d'arriver à temps au port pour prendre mon bateau.

Pour la centième fois, la jeune fille se demanda quel esprit malin l'avait poussée à s'attarder deux jours de plus au soleil des tropiques. Elle avait pensé regagner Kulu par le train, mais s'était rendue compte au bout de quarante-huit heures que de longues vacances nationales commençaient le lendemain : tout service était interrompu pendant trois jours.

— Du reste, que savez-vous de l'aviateur ? fulmina-t-elle. Il est certainement capable de pagayer.

— J'en doute. Toute la province de Kheval

connaît Mac. Il boit uniquement du liquide sorti tout droit d'une bouteille... Alors, ne comptez pas l'utiliser comme guide de votre expédition.

Les yeux perçants de l'étranger scrutaient l'expression méfiante de sa compagne.

— Le voyage présente de nombreuses embûches, reprit-il. Il faut traverser la jungle montagneuse et des marécages pendant cent cinquante kilomètres avant d'atteindre Kulu. Vous n'êtes pas armée pour une telle expédition.

Il s'exprimait d'un ton protecteur en considérant la fine silhouette et les vêtements citadins de son interlocutrice.

— Il serait suicidaire d'entreprendre ce trajet avec un alcoolique en déplorable condition physique.

Sa constitution mince et robuste offrait en effet une parfaite antithèse de celle ventripotente de Mac.

— Le pilote a perdu son avion en essayant de me faire gagner Kulu, contra Storm. Lui, au moins, a tenté de m'aider !

— Cessez de vous apitoyer sur un individu de son espèce ! L'appareil n'appartenait certainement pas à ce piètre aventurier. L'Extrême-Orient regorge d'incapables sans scrupules.

— Alors, je m'adresserai à un habitant du village, s'obstina la jeune fille.

Elle était prête à utiliser ce dernier recours afin de s'éloigner de cet étranger odieux, aussi sensible qu'un bloc de granit.

— Tous les hommes valides travaillent pour moi, affirma-t-il en coupant court à ses espoirs. Notre œuvre nécessite la mobilisation de tous.

— Les coupes de bois seraient-elles donc pressées à ce point ? s'écria-t-elle d'un air incrédule.

— En ce moment, nous n'extrayons pas de teck : chacun de mes ouvriers est affecté à une tâche beaucoup plus importante. Même les cornacs ont été mobilisés avec leurs éléphants dans cette affaire critique.

— Mais pour moi aussi il s'agit d'un problème grave ! J'ai signé un contrat pour le rôle principal dans un théâtre londonien, et les répétitions commencent dans quinze jours.

— Ce n'est pas une question de vie ou de mort.

— Ma carrière en dépend, tempêta sa compagne. Un engagement aussi prometteur risque de ne pas se reproduire. J'en rêve depuis des années. Et si vous m'empêchez de prendre mon bateau, vous gâchez délibérément ma vie professionnelle.

— Voilà un jeu de scène très convaincant !

Storm fulminait devant l'indifférence de son compagnon, et son attitude sarcastique.

— Je ne joue pas la comédie ! s'écria-t-elle. L'urgence de votre travail exigerait-elle de briser ma carrière ?

— Mes propres affaires passent au second plan devant les besoins de ces villageois. Il faudra vous plier vous aussi à cette loi.

La jeune fille se sentit défaillir devant l'éclat de ses pénétrants yeux verts, couleur de jungle. Ils trahissaient un profond mépris pour les préoccupations frivoles de l'actrice. Furieuse, cette dernière riposta d'une voix cinglante :

— A des kilomètres de toute civilisation, quelle affaire pressante...

— Les villageois ont besoin de manger, coupa-t-il sèchement. Asseyez-vous et écoutez-moi.

D'un geste brusque, il poussa une chaise dans son dos, et elle fut forcée de plier les genoux, et d'obéir à son injonction. Lui-même se percha sur le bord de la table avant de lui laisser le temps de réagir.

— Vous avez sans doute entendu parler du récent tremblement de terre... commença-t-il.

Storm approuva d'un signe de tête.

10

— Cependant, il n'a pas eu lieu dans la province de Kheval, argumenta-t-elle.

— En effet, il a dévasté une autre partie du pays, concéda son compagnon. Mais les secousses sismiques ont touché une zone plus importante, et provoqué un glissement de terrain dans les montagnes, bouleversant la ligne de partage des eaux. Ainsi, un des bras de la rivière irriguant cette région a été détourné.

D'un signe de la main, il indiqua les quelques huttes éparpillées en contrebas du bungalow en bois dont il était sans doute propriétaire, puis reprit :

— De l'autre côté de cette bande de terre existe une grande réserve d'animaux.

— Je ne saisis toujours pas le rapport avec mon problème personnel, intervint Storm d'un ton buté. Deux bulldozers viendraient aisément à bout du déblayage. Pourquoi ne pas vous les faire acheminer par hélicoptère ?

— La pente est trop raide pour les utiliser, objecta-t-il. Seuls des hommes peuvent creuser, tandis que les éléphants dégagent les blocs de pierre et les troncs d'arbres. Nous avons entrepris une course contre la montre : nous devons rétablir le cours normal de la rivière avant que la région ne soit frappée par la sécheresse.

— La saison sèche ne commence qu'en mars : cela vous donne un répit de trois mois.

— N'en croyez rien : la réserve est déjà menacée par l'absence d'eau. L'herbe commence à manquer pour les ruminants. A lui seul, un éléphant consomme trois cents kilos de fourrage quotidiennement. Or, d'innombrables autres espèces animales ont besoin d'herbage.

— Je ne vois toujours pas... s'entêta la jeune fille.

Elle était persuadée qu'il s'emparait du premier prétexte venu pour justifier son refus de l'aider.

— Sans l'eau de ce cours d'eau, les pâturages disparaissent, déclara l'autre en s'inclinant vers elle. Dès que la nourriture se raréfiera, le gibier cherchera une autre source d'approvisionnement pour ne pas dépérir.

Il marqua une pause avant de reprendre :

— Alors, il menacera les plantations des paysans, et viendra apaiser sa soif dans le bras de la rivière qui irrigue leurs terres.

Cette histoire aboutissait à une seule conclusion logique, mais Storm adopta un ton délibérément indifférent pour s'enquérir :

— Quelles seront les conséquences de cet exode ?

— Ce bouleversement provoquera un autre drame : les grands prédateurs suivront les buffles et les gayals pacifiques. La paisible coexistence se transformera en guerre à outrance. Dès cet instant, la vie de tous les habitants du village, tout comme celle des herbivores, sera en danger constant.

Malgré elle, la jeune fille frissonna à l'évocation de ce tableau sombre.

— Il faudra se défendre contre les attaques des félins aux abois, insista sans pitié l'étranger. On ne pourra plus protéger les cultures des incursions du gibier, et la famine menacera. Je suis prêt à éviter cela à n'importe quel prix !

Devant l'expression résolue de son compagnon, Storm comprit qu'il était animé par une volonté farouche de réussir.

— Vous comprendrez sans peine que je ne puisse distraire un homme — fût-ce pour deux jours — du chantier de la montagne. Je me serais bien passé d'accueillir deux personnes supplémentaires en ce moment, ajouta-t-il sans déguiser son hostilité. Mais puisque vous êtes là…

— *Thakin ! Thakin !* interrompit subitement une voix.

En un éclair, il fut debout et répondit :

— Oui.

Il dévala les marches de la véranda, et se précipita à la rencontre d'un petit garçon. Ce dernier avait jailli d'un groupe de huttes situé à trente ou quarante mètres du bungalow vers lequel il courait à perdre haleine. Un terrible brouhaha retentissait dans le village. Parmi les cris des femmes et des enfants, Storm distingua le hurlement terrifiant d'un chien.

Sans s'en rendre compte, elle se mit à suivre l'homme aux cheveux dorés et le garçonnet. Tout à coup, elle déboucha sur une petite place, bondée de villageoises à la peau brune. Grandes et gracieuses, vêtues de jupes en coton aux couleurs vives, elles tapaient furieusement sur des ustensiles métalliques, tout en poussant des cris effrénés et suraigus.

Sous le regard abasourdi de l'arrivante, la foule des villageoises s'écarta pour laisser passer « *Thakin* », et découvrit une forme rampante qui se glissait furtivement derrière les cases. Dès qu'il l'aperçut, l'homme hurla en bondissant, et le fauve tourna vers lui sa tête aux yeux étincelants de rage. Dans sa gueule... — Storm faillit s'évanouir en le constatant —, l'animal tenait quelque chose de long et flasque...

A ce moment-là, il laissa tomber sa proie, et disparut d'un saut dans le sous-bois. Tout ceci se produisit si vite que seule l'assemblée excitée des Asiatiques prouvait à la jeune fille qu'elle n'avait pas rêvé.

Après avoir accordé un coup d'œil à l'objet lâché par le prédateur, son compagnon haussa les épaules, et s'adressa d'une voix ferme et calme aux villageoises. Peu à peu, chacune regagna sa demeure, comme si rien ne s'était passé.

Storm n'osait pas regarder à terre pour identifier la chose abandonnée là dans la poussière. Personne ne semblait s'en soucier. Après avoir mis en fuite l'impressionnante créature, l'homme reprit la direction de son bungalow.

— Il n'a tué qu'un chien... du moins pour cette fois, ajouta-t-il de façon significative.

Choquée par son calme, Storm ne voulait pas montrer son trouble à cet étranger endurci.

— Ce genre d'incident doit être courant pour les habitants du bord de jungle, nota-t-elle.

En fait, elle était extrêmement soulagée : le félin ne s'était pas attaqué à un enfant, ainsi qu'elle l'avait redouté. Un violent effort lui permit de contrôler le tremblement consécutif à cette émotion forte.

— En temps normal, ils s'en accommodent, répliqua son compagnon d'une voix coupante. Mais leur nombre aux abords du village a déjà doublé à cause du manque d'eau dans la réserve voisine. Les félins viennent de découvrir que les chiens sont plus faciles à attraper que les gayals... Dans peu de temps, l'un d'eux comprendra qu'un enfant est une proie encore plus aisée.

Storm trébucha : à présent, ils étaient arrivés devant le bungalow, et ses jambes ne la soutenaient plus pour monter les marches accédant à la véranda. Submergée par l'horreur des dernières minutes, elle chancelait. Dans un suprême effort, elle tenta de se raccrocher à la rampe en bois. Une main forte et puissante s'y substitua. Enserrant fermement ses doigts, l'inconnu l'aida à gravir l'escalier et ne relâcha son étreinte que lorsque la jeune fille fut assise en toute sécurité.

Tandis qu'il la tenait, Storm avait ressenti un trouble étrange comme si un courant passait entre eux. Bien qu'il l'ait libérée, cette sensation subsistait. Malgré son désir d'avoir les idées claires, sa tête tournait.

« J'ai sans doute subi un choc sur la tête lorsque l'avion s'est écrasé », se dit-elle faiblement. « Pour-

14

tant, je ne devrais pas être émue par un homme séduisant, j'ai l'habitude de côtoyer des vedettes bien plus attirantes », se gourmanda-t-elle.

En effet, son métier d'actrice lui avait permis de faire la connaissance de confrères célèbres pour leur charme. Ils l'avaient même courtisée et embrassée, mais toujours en scène. Curieusement, sans en saisir la raison, elle avait toujours adopté une attitude distante dès qu'elle quittait le théâtre.

Mais une petite voix en elle insinuait que cet homme n'était pas comme les autres. Storm leva vers lui ses immenses yeux noirs effrayés et croisa le regard vert peu encourageant de son compagnon. Il fallait s'enfuir au plus vite, tant qu'elle était encore capable de résister à son magnétisme.

Cet homme la perturbait et lui faisait peur. En outre, jusqu'à la fin des travaux, il envisageait de la retenir prisonnière de ce village perdu dans la jungle. Cette perspective la terrifiait.

En plus, elle ne savait même pas le nom de cet inconnu.

2

— J'ignore jusqu'à votre identité, déclara-t-elle en rompant le silence.

— Rann Moorcroft, se présenta-t-il en s'inclinant d'un air moqueur.

Storm rougit d'être traitée comme une jeune fille prude et guindée.

— Considérez-vous comme mon invitée, ajouta-t-il d'un ton sec.

— Ne... ne pourrais-je pas résider dans l'une des habitations du village ?

— N'ayez crainte : vous serez parfaitement chaperonnée, ironisa son compagnon en lisant ses craintes inexprimées, dans son regard.

L'homme semblait deviner ses pensées les plus secrètes et affirmait de façon insultante qu'elle ne courait aucun risque en sa compagnie : elle ne l'intéressait pas le moins du monde !

— J'aimerais savoir votre nom, également, reprit-il négligemment. Je compte envoyer un message radio aux autorités de Kulu pour leur annoncer que vous êtes saine et sauve.

— Storm. Storm Sheridan, parvint-elle à articuler malgré son trouble.

— Faites-moi grâce de votre pseudonyme pour la scène.

— Mais c'est mon nom *véritable,* protesta-t-elle en s'emportant.

Storm était accoutumée à ce genre de méprise, mais son irritation n'en était pas amoindrie pour autant.

— Naturellement, vous n'avez jamais entendu parler de moi au fin fond de votre jungle, suggéra-t-elle.

— C'est exact, acquiesça son interlocuteur.

Décidément, il ne faisait rien pour se montrer poli, mais s'avérait aussi sauvage que son environnement.

— Peu importe, riposta Storm d'un haussement d'épaules. Demandez que l'on prévienne le *Théâtre de la Couronne,* à Londres, de mon aventure. Sans doute, faudrait-il également signaler que le pilote est bien portant.

La jeune fille venait de constater avec une certaine mauvaise conscience qu'elle ne s'était pas préoccupée de son absence depuis le début de leur entretien.

— Personne ne se soucie de lui, à mon avis, rétorqua Rann Moorcroft. Mais je le mentionnerai également… Oh, vous voici.

En effet, Mac venait d'apparaître sur le seuil de la véranda, en provenance d'une chambre située à l'arrière du bungalow. Un bandage entourait son front, faisant ressortir la couperose de son teint d'ivrogne. Sa silhouette empâtée semblait donner raison aux propos tenus par son hôte : jamais un tel homme ne pourrait entreprendre un voyage long et périlleux.

Contre toute attente, cette constatation soulagea considérablement Storm, tout en l'inquiétant pour l'avenir : était-il déjà trop tard pour résister à l'attrait magnétique de Rann Moorcroft ?

— Vous disposerez d'une chambre ici, déclara ce dernier. Li va vous la montrer.

Un éclair railleur brillait dans ses yeux et Storm se

demanda avant de se retourner si Li était le chaperon annoncé.

Elle était d'une beauté frappante : ses cheveux noirs et lisses étaient rassemblés en chignon au sommet de sa tête, sa peau et ses prunelles étaient teintées du même brun chaud. Une longue jupe de couleur éclatante lui arrivait aux chevilles, et elle portait un boléro blanc sur une blouse ample. Confrontée à sa grâce de liane, Storm se sentit soudain terriblement gauche et empruntée. Cependant, elle réussit à rendre son sourire à la ravissante Asiatique.

« Pourquoi Rann ne nous présente-t-il pas en bonne et due forme ? » s'interrogea-t-elle avec angoisse.

Peut-être cette divine créature était-elle sa femme... Parfois, les hommes éloignés de leur patrie s'établissaient ainsi définitivement sur leur terre d'adoption. Cette jeune femme avait-elle été sacrée reine du royaume de Rann Moorcroft ?

En observant son hôte à la dérobée, Storm s'aperçut qu'il la dévisageait et rougit légèrement. Avec quelle intensité il la fixait ! De toute évidence, il avait détecté son trouble et s'amusait à le prolonger.

— Li habite ici pour le moment... commença-t-il.

Avidemment, Storm attendait la fin de ses explications.

— ... tant que son mari m'aide à déblayer le cours de la rivière, acheva-t-il avec désinvolture.

Son cœur se mit à battre follement, mais de joie, cette fois-ci. Ses oreilles bourdonnantes l'empêchaient presque de saisir pleinement le discours de Moorcroft.

— Krish est le conservateur en titre de la réserve animale, poursuivit ce dernier. Avec toute son équipe, il a quitté sa résidence habituelle, et Li ne pouvait pas rester seule pendant de longues semaines.

Dans les yeux vert émeraude de son interlocuteur, Storm décelait une souveraine indifférence : il ne se justifiait pas, mais l'informait simplement d'un état de fait qui ne la concernait pas.

— Je vous prête volontiers l'une de nos chambres, intervint Li. Rann nous en a alloué deux, mais nous n'en avons pas besoin : Krish passe toute sa journée sur le chantier. Suivez-moi, ajouta-t-elle en indiquant la direction d'un geste gracieux.

— Et *vous,* venez avec *moi,* déclara brutalement Rann en s'adressant au pilote.

Son ton glacial attira l'attention de la jeune fille : elle étudia Mac et esquissa une grimace de dégoût ; il dévorait Li des yeux avec une expression repoussante. Moorcroft s'en était aperçu.

— Vous vivrez dans le quartier des hommes, prévint Rann. Est-ce clair ?

D'un autoritaire signe de tête, il invita Mac à s'éloigner avec lui.

— Je n'aime pas cet homme, décréta la voix mélodieuse de Li.

Ses doigts s'emparèrent doucement de la main de sa compagne pour la conduire dans une pièce située à l'arrière de la véranda.

— Si vous voyiez votre visage ! s'exclama soudain Li en éclatant de rire.

— Je... je ne m'attendais pas... bredouilla Storm.

— A m'entendre parler anglais ! finit joyeusement l'autre. Krish et moi l'avons étudié à l'école en deuxième langue.

Après avoir fermé la porte, son guide s'assit au bord du lit et invita d'un signe Storm à en faire autant. Cette dernière lui était reconnaissante de sa gentillesse et de sa maîtrise de la langue anglaise. Il fallait obtenir son amitié afin qu'elle l'aide à échapper à une catastrophe inéluctable.

— Cela nous a été très utile à notre arrivée en Angleterre, poursuivit Li. Nous avons passé tous deux nos diplômes dans une école vétérinaire. Cela a été ardu, bien sûr, mais ainsi, Krish a obtenu la direction de la réserve. Je collabore avec lui, puisque nos qualifications sont à peu près identiques. En fait, ce poste nous a ouvert une carrière à lui comme à moi.

— A moins que je ne gagne la côte à temps pour prendre mon bateau, la mienne sera ruinée, enchaîna impulsivement Storm. Pourriez-vous... ?

— Je suis totalement impuissante, coupa Li d'un air désolé. Je vous ai entendue parler avec Rann, aussi suis-je au courant de vos préoccupations. Il n'a pas menti en vous affirmant que ce voyage à Kulu était impossible, croyez-moi !

— Ce rôle représentait la chance de ma vie ! se lamenta Storm.

— On vous en confiera d'autres, la consola Li... Pour les villageois, aucune autre possibilité ne s'offre : leur survie dépend d'une action rapide.

— Rann me l'a confié, avoua Storm sombrement.

— Profitez de ce contretemps pour prolonger vos vacances, conseilla Li. Le prochain bateau vous ramènera en Angleterre. D'ici là, amusez-vous, détendez-vous : la mousson vient de se terminer, et nous abordons la période la plus agréable de l'année. Même la jungle offre des attractions.

Cette dernière remarque éveilla aussitôt chez la jeune Anglaise l'image de Rann Moorcroft. Il avait le don de la fasciner tout en l'effrayant.

En fait, peut-être se méfiait-elle surtout de ses propres réactions. Elle rejeta cette idée avec dédain, mais le malaise persistait. En scène, les héros étaient irréels, tout comme leurs baisers. Avec un frisson,

Storm se contraignit à penser à autre chose : elle courait au désastre si elle nourrissait de tels projets !

— Ma garde-robe ne convient guère, répondit-elle avec effort. Mes bagages ont brûlé dans l'avion, et je dispose seulement des vêtements que je porte.

Ils étaient maculés de tâches, et rendus poisseux par l'humidité ambiante.

— Vous pourrez m'en emprunter, assura gentiment Li. Nous sommes à peu près de la même taille. Mes habits européens sont restés dans le bungalow de la réserve, mais je vous prêterai un sarong et un chemisier ample : ainsi, vous souffrirez moins de la chaleur. Les robes ajustées et les pantalons ne sont pas supportables sous nos climats : ils collent à la peau.

— Je m'en suis rendu compte, soupira Storm.

— Si vous en avez envie, prenez une douche, puis nous irons ensemble choisir votre tenue.

— Une douche ? s'étonna Storm.

— Nous disposons de l'eau courante, nota Li en riant. Naturellement, elle est tiède, mais abondante à cette époque de l'année. Je vais vous montrer l'installation.

Elle était simple, mais suprêmement efficace.

— Cela ressemble à... commença la jeune fille.

— Du bambou refendu, confirma son guide. Toutes les maisons du village sont reliées à la rivière par de telles canalisations. La matière première ne risque pas de manquer, car elle abonde dans ce secteur. Une dérivation centrale a été installée en amont, et chacun peut ainsi en profiter.

— Quelle merveilleuse idée ! s'exclama Storm. Rann a-t-il inventé ce système ?

— Oh, non ! Les villageois utilisent depuis toujours ce moyen ingénieux. Cependant, Rann a construit la douche.

Li descendit quelques marches, et continua ses explications :

— Le bungalow étant bâti sur pilotis, la gouttière doit donc se situer en hauteur. Il a alors été facile d'édifier une cabine de bains sur le sol, sous l'arrivée d'eau, et de remplir un réservoir par cet écoulement. Les eaux usées se déversent tout simplement dans la terre qui les absorbe rapidement.

— Le fonctionnement tient de la magie.

Après lui avoir expliqué comment opérer, Li s'éloigna. Une fois rafraîchie, Storm retourna dans sa chambre. La jeune femme à la peau brune s'y coiffait devant le miroir. Elle avait étalé un grand nombre de vêtements sur le lit :

— J'avais rempli mes valises avant de venir ici, déclara cette dernière pour excuser sa générosité. Vous pouvez donc en disposer sans me priver. Je vais vous montrer comment nouer votre sarong.

Elle prit une pièce de coton d'une couleur éclatante, et montra patiemment à sa compagne la façon dont il fallait l'attacher pour que la jupe ne descende pas brusquement.

— Vous devriez toujours laisser vos cheveux libres, lança Storm, en admiration devant la longue chevelure d'ébène.

— Tous les soirs, je les défais pour le retour de Krish, avoua Li avec un sourire timide.

D'un rameau fleuri posé à côté d'elle, elle détacha délicatement une fleur, et la posa près de son oreille.

— J'ai oublié une épingle pour la fixer, remarqua-t-elle soudain. Je retourne dans ma chambre, et vous verrai à l'heure du dîner. Quand ce sera prêt, Gurdip sonnera la cloche. Les autres arriveront dans un quart d'heure.

— Comment le savez-vous ? s'enquit Storm, étonnée.

En effet, Li ne portait pas de montre, et parlait

comme si tout était réglé avec une précision rigoureuse au cœur de la jungle.

— Les hommes utilisent deux ou trois éléphants pour revenir au village, et on entend leurs sonnailles de bois un moment avant leur arrivée.

Tout en souriant, Li se tut et Storm perçut alors le doux tintement annonciateur du retour des travailleurs.

— Vous oubliez votre rameau, remarqua Storm.

— Je n'ai besoin que d'une fleur ouverte.

— En ce cas, j'aimerais porter ce bouton... si vous n'y voyez pas d'inconvénient, décida Storm subitement.

Les pâles pétales du bouton à demi éclos se marieraient parfaitement avec ses propres boucles courtes d'un noir d'ébène. Pourquoi les femmes européennes avaient-elles perdu l'habitude d'un si charmant ornement ?

— Eh bien, naturellement... si vous le désirez.

Li manifestait tout à coup une certaine réticence, et Storm fut surprise de ce contraste avec sa générosité précédente. Pourtant, cette dernière l'avait vue cueillir elle-même la brindille en allant vers la cabine de douche : ce n'était donc pas un cadeau de son mari.

— Voulez-vous que je vous le rende ? proposa Storm.

— Non. Non, parez-vous en.

Li lui adressa un sourire légèrement espiègle. Intriguée, Storm hésita à accepter, mais l'autre insista avant de quitter la pièce.

Après son départ, la jeune fille alla se contempler dans le miroir. Drapée dans une pièce de tissu vert profond, et vêtue d'un ample chemisier jaune pâle, elle avait peine à se reconnaître. Après avoir apporté la dernière touche à sa coiffure, elle épingla sa broche en ivoire sur sa veste blanche. Habillée de la sorte, elle ne se différenciait de Li que par l'ondulation de ses cheveux soyeux, et la clarté de son teint. Hélas, la ressemblance s'arrêtait là : la jeune Asiatique s'épanouissait dans une vie heureuse, centrée autour de l'amour de son mari. Tandis qu'elle... Storm se mordit les lèvres. Elle redoutait de se retrouver en présence de Rann, car il la troublait profondément. La gorge serrée, elle se demanda comment se défendre de cet attrait au cours des prochaines semaines de cohabitation forcée.

Poussée par sa conscience, elle était convaincue de la nécessité de tout mettre en œuvre pour honorer son contrat et jouer le rôle prévu dans le théâtre londonien. Mais son cœur ne se résolvait pas à prendre ce parti. Désemparée par ce conflit douloureux, Storm jeta un coup d'œil au miroir. Ses yeux embués par les larmes ne lui renvoyèrent qu'une image brouillée. « Allons », s'admonesta-t-elle, « les coups de foudre ne se produisent que sur scène, et jamais dans la réalité ».

Cette pensée la consola : puisqu'elle était capable d'interpréter n'importe quel rôle, elle arriverait tout aussi bien à dissimuler ses sentiments. Rassérénée par cette alternative, elle décida de jouer l'indifférence pour ne pas se trahir auprès d'un homme qui la méprisait. Elle s'était ressaisie lorsque quelqu'un frappa légèrement à sa porte.

— Li ? demanda-t-elle en se dirigeant vers le seuil.

— Non, c'est moi, répondit Rann en entrant.

— Je ne m'attendais pas... Li m'a prêté quelques vêtements... balbutia-t-elle avant de s'arrêter, confuse.

Storm était furieuse de manifester ainsi son émotion : pourquoi avait-elle oublié ses bonnes résolutions ?

— Ce costume vous va bien, déclara-t-il.

Il en parlait comme d'un habit de scène, et elle en

fut indignée : sans doute s'imaginait-il que les acteurs passaient leur temps à plonger dans la comédie.

— Adoptez-vous également les coutumes d'un pays lorsque vous voyagez ? s'enquit Rann d'une voix glaciale.

Son regard dédaigneux venait de se poser sur le bouton posé dans ses cheveux.

— Oh, vous faites allusion à cette fleur... Je regrette que l'Occident ne suive pas cet usage.

— Dois-je conclure que vous approuvez cette mode ?

Rann semblait avoir une arrière-pensée, et Storm le considéra, sans comprendre.

— Bien sûr, répliqua-t-elle, sur la défensive. Je trouve cette idée charmante.

Décontenancée, la jeune fille s'interrogeait sur le sens des questions sybillines de son compagnon.

— En ce cas, il serait dommage de vous décevoir.

Brusquement, Rann referma la porte d'un coup de pied, et s'avança vers elle. Comme dans un rêve, elle entendit le bruit de ses pas sur le plancher, et une seconde plus tard, les lèvres de Rann s'emparèrent des siennes. Storm n'eut pas le temps de s'écarter car elle ne s'attendait pas à ce mouvement rapide, et demeurait pétrifiée.

De nombreux hommes l'avaient embrassée au cours de sa carrière théâtrale, mais leurs caresses gardaient le côté artificiel de la scène. Quant à ses soupirants, elle les avait tenus à l'écart, et n'avait accordé ses faveurs à aucun d'entre eux. Malgré ses efforts pour se préserver, cet étranger profitait sans vergogne de son ingénuité ! songea-t-elle, ulcérée.

Les baisers de Rann Moorcroft avaient la violence d'une tempête : ils exprimaient sa dureté et sa colère. A sa grande stupeur, ils semblaient la punir d'un quelconque méfait. Il la maintenait contre lui en la serrant aux épaules, et son geste ressemblait à un châtiment. Strom tressaillit, et lutta pour se dégager, mais il la tenait fermement. Alors, elle se cambra en arrière afin d'échapper à son étreinte. Cependant, son compagnon exigeait une réponse, et malgré elle, son corps, embrasé par un sentiment inconnu, céda. La tête lui tournait quand elle s'abandonna dans ses bras.

Son esprit terrifié protestait contre cette folie. Sans doute fallait-il attribuer au climat tropical la fièvre de ses sens. Résister au magnétisme de Rann était devenu impossible. Hypnotisée, la jeune fille ferma les yeux. Cependant, le moindre détail des traits de son hôte restait gravé dans sa mémoire.

— Rann...

Il la relâcha, et elle demeura le souffle court, palpitante, les joues légèrement rosies.

— A présent que vous avez expérimenté de façon satisfaisante le pouvoir de votre fleur, je vous conseille de l'enlever pour venir à table, lança-t-il en la repoussant brutalement. Le pilote vivra dans le quartier des hommes durant son séjour, mais nous ne pouvons l'empêcher de prendre ses repas avec nous. Or, il habite cette région depuis assez longtemps pour connaître la signification de ce symbole.

— La signification... ?

Un voile subit assombrit le visage de Storm, piquée au vif par son ton méprisant.

— N'essayez pas de me faire croire que vous ignorez le sens de cet ornement, explosa-t-il d'un air incrédule. Li vous en a certainement parlé. Elle-même se pare de cette façon, comme elle en a le droit : selon la coutume, les épouses accueillent ainsi leurs maris. En revanche, les jeunes filles choisissent des boutons non épanouis.

Rann marqua un temps d'arrêt significatif, avant de poursuivre d'un ton dur :

— Celui que vous portez, à demi éclos, est réservé

26

aux filles plus âgées et célibataires. Il indique qu'elles se sentent prêtes au mariage et recherchent des soupirants.

— Voilà pourquoi... commença Storm en portant ses mains à ses joues brûlantes.

Ses yeux agrandis par le désarroi se posèrent sur le visage insensible de Rann.

— Vous êtes seule à blâmer si votre invitation directe a été acceptée, jeta-t-il, sarcastique.

3

Décidée à le défier, la jeune fille voulait conserver cet ornement. Mais le souvenir de l'attitude du pilote à l'égard de Li modifia sa décision... D'une main tremblante, Elle l'arracha et le jeta sur son lit.

— Avec cette chaleur, il fanera rapidement, déclara-t-elle d'une voix cassante.

Sans un regard à son hôte, elle se dirigea vers la porte, mais son élan fut vite brisé par les pans incommodes de son sarong.

— Les femmes vêtues à la mode locale ne font pas de grandes enjambées, railla ce dernier.

Il la soutint alors qu'elle trébuchait, les pieds embarrassés dans cette longue pièce de tissu.

— Lorsqu'elles souhaitent marcher vite, elles ramènent leur sarong en pagne, poursuivit son interlocuteur avec dérision.

— Je saurai bien m'y habituer, riposta Storm, furieuse.

Les joues empourprées, elle prit soudain conscience de la présence de Li et d'un bel homme à la peau brune.

— Je vous présente Krish, annonça Li.

Son sourire amical prouvait qu'elle n'avait pas agi par malice. Elle ne pouvait prévoir les conséquences de son innocente plaisanterie, songea Storm avec amertume. Or, après le baiser de Rann, elle avait perdu tout espoir d'adopter une attitude froide et distante.

Dès que le pilote arriva dans la salle à manger, Rann se conduisit avec une parfaite urbanité, en assignant une place à chacun de ses invités. Comme par enchantement, Mac se retrouva encadré par les deux autres hommes : il était ainsi isolé de Li, nota Storm avec amusement.

— Avant votre retour, il faudra visiter la réserve animale, lui proposa gentiment le conservateur. Nous avons déjà accompli plus que je ne l'espérais en aussi peu de temps. Nous y avons introduit plusieurs espèces en voie de disparition, et elles commencent à s'y plaire et à se reproduire.

En apercevant le serviteur, tout de blanc vêtu, qui servait sans bruit la soupe, Storm se sentit brusquement transportée dans un autre monde. Il ne manquait que des cierges dans des candélabres en argent, pour se croire revenue en Angleterre, dans une élégante demeure, au lieu de ce pavillon en bois. Les convives s'entretenaient en érudits de sujets intéressants. Deux des convives étaient vêtus de blanc, tandis que leurs deux compagnes portaient des jupes longues, assez proches d'une tenue de soirée. Seul le pilote dénotait dans cette assemblée. Taciturne et morose, il ne faisait nul effort pour participer à la conversation. Peut-être souffrait-il de sa blessure à la tête, songea Storm avec compassion.

Ses tentatives pour le sortir de son mutisme échouèrent. Troublée par la présence de Rann, elle aussi se réfugia dans le silence. Sans prendre garde à leur saveur, tant elle était préoccupée, elle goûta successivement à la soupe et au plat de curry.

— L'avion est totalement perdu, annonça-t-elle subitement à Krish. J'espère qu'il est correctement assuré.

— Je ne sais pas, déclara Mac en haussant les épaules. Mais cet accident incitera peut-être le propriétaire à entretenir son bien en état de marche...

Après avoir avalé bruyamment une cuillerée de soupe, il reprit sur un ton vindicatif :

— De toute façon, ce zinc était une véritable ruine.

Ces propos démontraient la justesse des suppositions de Rann, et avaient le mérite d'apaiser les remords de Storm. Instinctivement, elle se tourna vers son hôte, mais son air triomphant la glaça. Décidément, son assurance était insupportable ! Elle détourna les yeux, et adressa un sourire aimable au pilote.

— Votre plaie vous fait-elle mal ? s'enquit Storm avec sympathie.

— Assez, répliqua-t-il d'une voix aigre. Vous avez pu juger vous-même de sa gravité.

— Je ne l'ai pas étudiée de près, se défendit-elle.

En effet, elle avait été trop choquée par leur brusque atterrissage pour l'examiner attentivement. Le train s'était écrasé en touchant le sol, et l'avion avait tangué à travers plusieurs mètres de buissons avant de s'immobiliser dans une clairière, au bord d'une rivière, le nez piqué vers la berge, à quelques mètres en contrebas. L'appareil menaçait à tout instant de glisser dans le cours d'eau, mais cette inclinaison les avait sauvés du pire : Cet angle aigu avait permis à l'essence de refluer sur la rive durant les précieuses secondes nécessaires pour s'extirper de la carlingue. Les rescapés avaient couru s'abriter derrière un éboulis de pierre avant que le trop plein de carburant ne s'enflamme avec un grondement. Le bruit de l'explosion s'était alors répercuté dans toute la jungle.

Détaché par la déflagration puissante, un morceau de métal avait frappé Mac à la tête. A demi assommé, il était tombé lourdement. Même à présent, Storm ne comprenait pas où elle avait trouvé la force nécessaire pour le retourner, trouver son mouchoir dans sa poche — le sien était inutilisable —, et aller le tremper dans la rivière. Les jambes chancelantes, elle était revenue appliquer la compresse sur sa coupure. L'eau l'avait ranimé. A ce moment, des hommes étaient apparus dans la pénombre de la jungle. Soulagée, la rescapée les avait hélés, et ceux-ci l'avaient guidée jusqu'au village en soutenant Mac.

— Je n'ai même pas eu le temps de les remercier, commenta-t-elle à voix haute.

— Vous aurez peut-être l'occasion de les revoir, répondit Li.

— Ils ne venaient sûrement pas d'un village voisin, remarqua Krich d'un air pensif. Les vieux ne portent pas d'armes, et les jeunes travaillent tous à déblayer le cours d'eau...

— Ils n'étaient pas âgés, précisa Storm. Je les reconnaîtrais sans peine. L'un d'eux, sans doute le chef, était défiguré par une horrible cicatrice. Le bas de sa mâchoire et son épaule semblaient avoir été brûlées.

— Mong Chi ! s'écrièrent en même temps Krish et Rann.

Intriguée, la jeune fille regarda l'air inquiet des deux amis. L'atmosphère s'était subitement alourdie, et les expressions semblaient préoccupées. Quant à Mac, il feignait l'indifférence en concentrant son attention sur son assiette. Mais de toute évidence, il s'était tendu comme une bête sauvage pressentant le danger. Li prit simplement un air malheureux.

— Le connaissez-vous ? s'enquit Storm.

Apparemment, elle seule ignorait tout de ce personnage, et puisqu'elle allait partager la vie de ses compagnons, elle voulait savoir.

— Oui, confirma brièvement Rann en s'adressant directement à elle pour la première fois depuis le début du dîner.

— Moi aussi, ajouta Krish. Mais je ne m'attendais pas à le trouver dans la région aussi vite.

— Son arrivée était-elle donc prévisible ? questionna Storm.

— Il devait venir tôt ou tard, soupira le conservateur, résigné. Comme la rivière ne coule plus dans la réserve, Mong Chi a rapidement deviné où iraient les animaux. Il se doute, que dans ce cas, ils viennent s'abreuver à l'autre bras du cours d'eau. Or, lui et ses hommes suivent toujours les éléphants. En outre, il a certainement appris que mes rangers et moi avons quitté la réserve pour aider aux travaux ici : cela lui laisse le champ libre.

— Repartez avec votre groupe si vous préférez, Krish, suggéra Rann.

Storm observa son hôte d'un air incrédule : à sa grande surprise, il déléguait son pouvoir de décision à quelqu'un d'autre.

— Je vous remercie, Rann, déclara le conservateur avec une expression reconnaissante. Mais notre tâche commune passe en premier. Le détournement de la rivière s'avère la cause initiale de tous nos ennuis, et l'absence d'eau provoquera plus de ravages chez les animaux que les méfaits de Mong Chi.

— Qui est ce Mong Chi ? intervint Storm, agacée.

En effet, elle ne comprendrait pas le sens du dialogue entre les deux hommes, sans cette précieuse indication.

— Un célèbre trafiquant d'ivoire, répondit sèchement Rann, importuné par son intervention.

La jeune fille était ulcérée d'être ainsi évincée de la conversation : après tout, le fait de résider dans la région lui donnait le droit d'être informée.

— Il est birman, expliqua Krish d'un ton conciliant. Lorsque la police de son propre pays s'est intéressée de trop près à ses activités, il a émigré ici pour braconner.

— Seul l'ivoire l'attire... remarqua Storm.

— Certes, mais une menace très réelle pèse sur le troupeau de pachydermes de la réserve, renchérit Rann avec impatience. Les trafiquants ne se soucient guère de la conservation des espèces : seul un profit rapide les motive, et ils alimentent les marchés de la côte en bibelots gravés à l'usage des touristes.

Ces derniers mots furent accompagnés d'un regard de dégoût pour la broche en ivoire épinglée sur le revers de la veste de son invitée. Cette dernière rougit de colère.

— Les vacanciers ne sont pas responsables des objets mis en vente dans les magasins, protesta-t-elle.

— Par manque de réflexion, ils perpétuent une situation déplorable, riposta Rann.

— Il vaut mieux arrêter les trafiquants que de blâmer d'innocents touristes, s'entêta Storm.

En fait, elle regrettait d'avoir acquis sa broche, mais se refusait à l'enlever sur-le-champ pour ne pas s'incliner devant les manières dictatoriales de son hôte.

— Oh, mais nous comptons les mettre sous les verrous, promit Moorcroft. En vous amenant jusqu'au bungalow, Mong Chi vient de commettre une erreur : il nous a livré un indice.

Il se tourna vers le pilote, et l'interrogea brusquement :

— Où a eu exactement lieu votre atterrissage forcé ?

Loin d'être conciliante, sa voix exprimait un ordre. Sans en saisir la raison, la jeune fille retenait son souffle.

— Où ? répéta Rann d'un ton rogue.

— Eh bien... euh... au sud-sud-ouest de ce point,

j'imagine, bredouilla Mac. Je me suis évanoui après ma blessure. Demandez à ma passagère.

Après un grognement, il ajouta :

— Je ne peux certifier notre position au moment de l'accident.

— A mon avis, je pourrais retrouver le chemin de la clairière, annonça Storm pour mettre fin à cet interrogatoire gênant. Nos guides ont simplement cherché à nous aider gentiment en nous rapprochant d'un lieu habité.

— Loin de vous rendre service, Mong Chi tentait surtout de vous éloigner de son territoire. Au cours des six derniers mois, lui et sa bande ont opéré de multiples raids-surprises sur les éléphants de la réserve. De telles incursions déciment rapidement un troupeau. D'après leur tableau de chasse, ils ont certainement rassemblé une grande quantité de défenses. Si ces bandits n'ont pas réussi à s'en défaire, ils les ont sûrement cachées quelque part, conclut Rann.

— Nous avons essayé d'empêcher leurs activités illégales par tous les moyens, enchaîna Krish. Mais certains indices tendent à prouver qu'ils sont épaulés par une puissante organisation, éventuellement prête à acheter le silence des trafiquants arrêtés.

— Je croyais l'argent sans valeur dans la jungle, objecta Storm.

— Ces hors-la-loi ne mènent pas la vie ordinaire des autochtones, précisa Rann. Itinérants, ils n'habitent la jungle que pendant leurs saisons de chasse, et le reste du temps, fréquentent les bars louches de la côte. Ils y dépensent la totalité de leurs gains illicites avant de retourner à leur trafic. Alors, le cycle infernal recommence !

— Si seulement nous découvrions leur cachette ! gronda Krish.

— La clairière risque de nous donner la clé du mystère, suggéra Rann.

Aussitôt, l'attention générale convergea sur lui.

— Mong Chi et ses hommes ont montré une hâte étrange pour vous en éloigner, poursuivit-il. Qu'ils n'aient pas craint de signaler leur présence me paraît suspect.

— Ils agissaient simplement par humanité, contra Storm. Nous laisser nous débrouiller était moins compromettant.

— Vous vous seriez probablement perdus, et ils ne voulaient pas courir ce risque. On aurait mobilisé la recherche aérienne, et cela ne convenait pas à Mong Chi : il préférait préserver le secret de son domaine. La sagesse consistait à vous accompagner ici, dans l'espoir que vous en repartiriez au plus vite.

— Vous en concluez... commença Krish d'un ton pressant.

— Que l'avion a dû s'écraser près de la cache des trafiquants.

Rann accompagna cette déclaration d'un regard perçant en direction de Storm, comme pour insister sur la vraisemblance de ses suppositions.

— Reste à savoir comment ils acheminent les défenses vers la côte, ajouta le conservateur.

— La clairière permettrait à un hélicoptère de se poser, suggéra Rann.

— Voilà l'indice qui nous manquait ! s'écria Krish, les yeux brillants d'excitation. S'ils s'agit d'une puissante organisation criminelle, nous enverrons un message radio aux autres zones souffrant des mêmes incursions ; nous les avertirons de surveiller les espaces découverts susceptibles de servir de terrain d'atterrissage.

— Il faudra enquêter ici aussi, déclara Rann d'un air sombre. Si nous ne nous en occupons pas immédiatement, nous risquons de laisser passer la chance de mettre un terme à leurs méfaits.

— Vous refusiez d'interrompre vos travaux pour me faire accompagner jusqu'à la côte, mais vous envisagez de perdre du temps à chasser ces trafiquants ! intervint violemment Storm, sans pouvoir se contenir.

— Pour ce faire, il aurait fallu prélever au chantier deux hommes pendant quatre jours. Or, si la fortune nous sourit, vous et Mac pourrez nous guider jusqu'à l'endroit stratégique dans un délai beaucoup plus rapide. Cessez de nous importuner, et nous résoudrons vite ce problème.

Après cette remarque délibérément humiliante, Rann se tourna vers Mac, et reprit son interrogatoire :

— D'après votre itinéraire de vol, vous êtes sûrement en mesure de localiser le lieu de l'accident. N'essayez pas de mentir, prévint-il d'un ton sévère.

— Eh bien, laissez-moi réfléchir... répliqua Mac en fronçant les sourcils.

Selon Storm, l'aviateur cherchait à gagner du temps, et elle ne s'en expliquait pas la raison.

— Alors ? jeta Moorcroft, agacé.

— Oh... ce curry... commença Mac.

Le pilote se mit à tousser, comme s'il s'étouffait à cause de la force des épices. Inquiète, Storm se leva d'un bond, sincèrement compatissante. Les autres restèrent absolument immobiles.

— Asseyez-vous ! ordonna Rann.

Personne ne semblait disposé à aider Mac. Même l'aimable Krish le fixait d'un regard dépourvu d'aménité. Cependant, Mac continuait à jouer la comédie de l'étouffement ; pourtant, son visage gardait sa couleur normale.

— Cela suffit ! jeta brièvement son hôte.

Mac tamponna sa figure avec application, avant de répondre à Rann :

— Recommandez à votre cuisinier de ne pas abuser du poivre à l'avenir.

Sa feinte bonhomie ne trompa aucun des spectateurs. Il remit son mouchoir dans la poche de son pantalon, puis se mit à hurler :

— Ma montre ! Elle a disparu !

Il se mit à fouiller frénétiquement dans ses vêtements, comme s'il avait tout oublié de l'histoire des trafiquants d'ivoire. Puis il se tourna vers Storm, et lui demanda :

— Qu'en avez-vous fait ?

Interdite, cette dernière, interloquée, le considéra sans comprendre.

— Oui, *vous* ! enchaîna Mac d'un ton accusateur. Vous avez fouillé dans mes affaires après notre atterrissage. Contrairement à ce que vous imaginiez, je n'étais pas évanoui, et je me suis rendu compte de votre manège. Vous en avez profité pour me voler ma montre en or.

— J'ai simplement pris votre mouchoir pour soigner votre blessure, se défendit Storm d'une voix altérée. Je suis allée le tremper dans la rivière, c'est tout.

— Sornettes ! ricana Mac. Vous l'avez subtilisée et cachée dans la clairière : c'est pourquoi vous êtes disposée à retourner là-bas.

— Je n'y ai pas touché, s'indigna Storm, ulcérée. Du reste, j'en possède une moi-même : pourquoi aurais-je dérobé la vôtre ?

Après avoir montré celle qui ornait son poignet, la jeune fille poursuivit :

— Je ne savais même pas que le pilote possédait une montre. Je...

Confondue par cette scène, elle ne put continuer.

Livide, elle se renversa contre le dossier de sa chaise, incapable de supporter plus longtemps d'être traitée de voleuse en présence de Rann.

— Je pense... commença Li d'un ton apaisant.

— Nous reprendrons cette conversation demain, coupa Rann.

Ses yeux scrutaient le visage de son invitée. Storm, effrayée à l'idée qu'il la croyait coupable, ne parvenait pas à déchiffrer leur expression.

— Demain matin, nous nous dirigerons vers l'endroit de l'accident, annonça-t-il d'un ton uni. Nous vous mettrons tous deux à contribution pour retrouver la piste. Je vous conseille d'aller dormir à présent.

Imperturbable, Rann s'adressait aux deux nouveaux venus sans essayer de débrouiller leur querelle.

— Je me charge d'envoyer un message radio aux secteurs concernés par les méfaits de ces bandits, annonça Krish.

— Je t'accompagne, déclara Li.

Elle glissa son bras sous celui de son mari, et tous deux sortirent après avoir souhaité bonne nuit aux autres. Tandis que Rann accompagnait Mac à sa chambre, Storm se rendit seule dans la sienne. La gorge serrée, elle avança en chancelant jusqu'à son lit. Les yeux embués de larmes, elle voulut prendre son mouchoir dans la poche de son tailleur, mais il avait disparu.

Il n'était pas suspendu dans l'armoire. Or, juste avant de sortir de table, Rann avait donné des instructions à son serviteur. Sans doute lui avait-il recommandé d'aller chercher cette pièce à conviction chez son invitée, afin de vérifier si la montre était cachée dans ses habits.

Storm se mit à trembler : Rann Moorcroft semblait accorder sa confiance au pilote — il l'avait pourtant décrit en des termes méprisants. Il la soupçonnait donc d'une infamie !

4

— Entrez !

Quelqu'un venait de frapper doucement. Elle lutta pour émerger des brumes du sommeil, tout en s'attendant à être saluée du traditionnel « bonjour » de sa femme de chambre. Or, seul un bruit d'eau ruisselante lui parvenait. Etonnée, elle ouvrit les yeux.

Le décor de sa chambre réveilla complètement Storm. Elle s'assit brusquement dans son lit en se remémorant ses aventures de la veille : elle ne se trouvait plus dans sa confortable chambre d'hôtel, mais dans un bungalow perdu au cœur de la jungle.

Après s'être drapée dans le drap de lit, la jeune fille alla ouvrir. Il n'y avait plus personne sur le seuil, et elle allait refermer le battant lorsqu'elle aperçut un plateau posé sur le sol.

Elle se pencha et y découvrit avec reconnaissance une théière et une tasse. A côté, une personne attentionnée avait soigneusement plié son tailleur-pantalon.

Storm alla vivement installer le tout sur une chaise avant de refermer sa porte. L'eau de la douche continuait à couler joyeusement contre les bords de la cabine en bois.

Alors, elle retourna prendre place sur sa couche,

et, les mains tremblantes, versa une tasse de thé. L'arôme du liquide la réconforta, et les battements de son cœur s'apaisèrent après quelques gorgées.

Quelqu'un avait pris soin de ses vêtements, comme le lui révéla un examen attentif : tout avait été lavé et repassé. Une déchirure au coin d'une des poches, occasionnée par sa sortie précipitée de l'appareil, avait été reprisée, et les taches de graisse avaient disparu.

A présent, l'occupant de la douche sifflotait une mélodie : bientôt la place serait libre. Storm resserra le drap autour d'elle avant d'aller à la fenêtre pour jeter un coup d'œil au-dehors.

A ce moment précis, Rann regarda vers sa chambre. Des rayons de soleil dansaient dans ses cheveux fauves, et l'éclatante lumière l'obligeait à plisser les yeux. Il venait de sortir de la cabine de bain, et observait la jeune fille sans se dissimuler. Storm se félicita d'avoir eu l'idée de se draper dans le tissu. Moorcroft ne portait que des shorts de brousse kaki, et des sandales. Il se déplaça lentement, en rejetant sa serviette sur son épaule hâlée et musclée. Son torse d'athlète dénotait une santé resplendissante.

Troublée malgré elle, Storm aurait voulu échapper à l'éclat perçant de ses prunelles vertes, mais ses jambes refusaient subitement de lui obéir. Rann s'était immobilisé, et continuait à l'observer sans prononcer un seul mot, le visage indéchiffrable. Le cœur de Storm battait douloureusement, et inconsciemment, elle porta sa main à sa gorge.

— *Thakin !* appela la voix du serviteur.

Cette intervention rompit le charme : Rann se tourna pour lui répondre. Storm eut subitement l'impression que les fers qui la rivaient au sol s'étaient soudainement détachés. Hors d'haleine, elle s'appuya contre le mur de sa chambre. Malgré la chaleur humide, un frisson glacé la parcourut.

— La douche est libre ! s'écria gaiement Li, du couloir.

— J'y vais ! riposta Storm.

Avec des gestes maladroits, elle parvint à rassembler ses affaires de toilette, et descendit en trébuchant les marches. Par bonheur, Rann n'attendait plus à l'extérieur.

L'eau fraîche contribua à la remettre sur pied, et elle avait retrouvé une voix normale lorsqu'elle sortit de sa chambre à l'appel de la cloche du petit déjeuner.

— N'aurez-vous pas trop chaud en pantalon ? interrogea Li, en voyant sa compagne vêtue de son tailleur.

— Je n'arrive pas encore à marcher en sarong, s'excusa Storm. Tout à l'heure, je compte renouveler l'expérience pour m'y accoutumer : je me rendrai jusqu'aux huttes du village en guise d'entraînement.

— Je vous conseille de ne pas changer de tenue, intervint Rann.

Il montait les marches de la véranda en compagnie de Krish, et tous deux vinrent s'installer à la table.

— Ces vêtements s'avèrent plus pratiques pour arpenter les sentiers de la jungle. En outre, vos jambes seront protégées pendant notre équipée. D'après vos explications, la clairière est située à une certaine distance du bungalow, reprit-il en dépliant un plan.

Il se tourna vers Krish, et expliqua :

— En prospectant pour l'exploitation forestière, nous avons établi une carte approximative de cette région. Selon mes estimations, l'accident aurait eu lieu dans cette zone-ci.

Rann délimita du doigt un espace précis et ajouta :

— Je me suis repéré grâce à la présence d'un cours d'eau : un seul de quelque importance irrigue les alentours immédiats du village. Je demanderai au

42

pilote la confirmation de son itinéraire de vol : ceci nous permettra de marquer le point d'intersection avec la rivière.

— Le trajet ne vous paraîtra pas trop long, à présent que vous êtes reposée, déclara Krish avec un sourire à l'adresse de Storm.

— De toute façon, cela m'importe peu, affirma cette dernière. Je n'irai pas.

Elle était agacée par les affirmations présomptueuses de son hôte et son intolérable arrogance : il décidait de la faire participer à cette expédition sans lui demander son avis !

— Vous resterez toute seule dans le bungalow, remarqua Li. J'accompagne Krish sur le chantier aujourd'hui.

— Je me reposerai avec plaisir, décréta Storm.

La jeune fille mentait : elle était en parfaite forme, mais ne voulait pas partir avec Rann.

— Mac vous guidera sans peine, poursuivit-elle. S'il y consent, naturellement.

Elle insinuait ainsi que personne n'était obligé de se plier aux ordres de Rann.

— Hier soir, vous assuriez pouvoir retrouver la clairière, objecta ce dernier d'une voix glaciale.

— Vous ne cherchez pas à m'aider à regagner la côte : pourquoi me tourmenterais-je pour vous ? s'enquit Storm.

Elle s'émerveilla de son propre calme, et de son talent d'actrice : elle dissimulait parfaitement son trouble. Hélas, pourquoi cette performance lui donnait-elle envie de pleurer ?

— *Thakin ! Thakin !* s'écria soudain le serviteur.

Il arrivait en courant, l'air bouleversé.

— L'homme à la tête blessée est parti, annonça-t-il, hors d'haleine. Il a dû sortir pendant que les autres dormaient dans la case.

— Je ne blâme pas les ouvriers : ils étaient trop las

pour le surveiller, répondit Rann. Mais Mac reviendra : il y sera obligé quand il aura faim.

— Il a un fusil, *Thakin,* déclara l'indigène. La réserve a été fracturée.

Interloqués, Moorcroft et Krish se regardèrent, et Rann reprit vite ses esprits pour demander :

— A-t-il pris autre chose ?

— Je ne sais pas. Je n'ai pas vérifié. J'ai couru jusqu'ici pour vous avertir.

— Venez avec moi, Krish. Il faut mesurer immédiatement l'ampleur des dégâts, lança Rann.

Après leur départ, Storm interrogea Li :

— Que contient cette réserve ?

— Elle sert à entreposer des vivres et du matériel pour les travaux, puis des explosifs, des armes, et des munitions, rétorqua Li d'un ton préoccupé.

— Il manque une carabine, une cartouchière et une douzaine de bâtons de dynamite, annonça son mari quelques instants plus tard. Plusieurs sachets de nourriture déshydratée ont également disparu.

— Mais pourquoi ? s'écria Li. Il ne peut espérer atteindre seul la côte à travers les marécages.

— A mon avis, il ne s'éloignera pas beaucoup, déclara Rann d'un air sévère.

Krish partageait ce point de vue, et acquiesça d'un signe de tête.

— Mac désire certainement rejoindre les trafiquants d'ivoire. Afin d'être accepté dans la bande, il amène en présent des provisions : ces bandits apprécieront sûrement un changement de régime.

— D'après vous, le pilote connaît-il ces gens-là ? s'enquit Storm, étonnée.

— J'en doute, nota Rann. Mais de toute évidence — je l'ai observé —, il était fasciné par notre récit pendant le dîner. La perte de son avion l'oblige à trouver de nouveaux moyens de subsistance : le trafic de l'ivoire risque de les lui procurer sans peine.

— Mais c'est illégal ! protesta Storm.

— Un tel individu ne s'embarrasse pas de scrupules, remarqua son hôte avec dérision.

La jeune fille rougit de sa naïveté et but pensivement son thé, apporté entre-temps par le serviteur diligent.

— Je dois trouver la cache des trafiquants avant Mac, affirma Moorcroft. Krish, il faudra nous munir chacun d'un talkie-walkie, afin de nous communiquer les nouvelles.

— Si vous la découvrez, restez en place, proposa Krish. J'enverrai vers vous un éléphant et son cornac pour transporter la marchandise. Une fois entreposée dans la réserve, nous affecterons deux hommes à sa surveillance, jour et nuit.

— Mong Chi et ses hommes ne sont équipés que d'armes démodées, rappela Rann. Ils voudront la même carabine que le pilote, et chercheront à voler notre armement. Nous nous serions bien passés de cette complication.

Storm s'empourpra sous cette allusion à peine déguisée.

— Je ne suis pas responsable de l'accident d'avion ! s'emporta-t-elle. Je n'ai pas choisi de venir ici, et ne désirais pas rester.

— Malheureusement, vous avez atterri parmi nous, riposta Rann d'une voix acide.

— Grâce à nous, vous avez repéré les trafiquants.

— Et Mac s'est lancé dans une nouvelle carrière, ironisa son interlocuteur. Les bandits apprendront par lui que des fusils modernes peuvent être dérobés dans notre réserve, et cela nous contraint à distraire deux hommes du chantier. Réparez au moins les dommages créés par votre arrivée. Aidez-nous à localiser la clairière.

La jeune fille défia Rann des yeux. Il semblait s'en moquer.

— De toute façon, vous ne resterez pas seule dans le bungalow, décida-t-il. Chacun sera sur le chantier...

— Rann a raison, déclara Li. Songez que le pilote, ou les hommes de Mong Chi risquent de revenir.

Storm évoqua une seconde l'image du léopard attaquant le chien, puis se mordit la lèvre, indécise.

— Mon invitée viendra avec moi, décida Rann d'un ton sans réplique. Compte tenu des dangers actuels, Li restera toujours avec Krish, et Storm, avec moi.

Le regard lancé par Rann à la jeune fille indiqua clairement que ce projet ne lui souriait guère, mais que les circonstances l'imposaient. Cet arrangement la rendit furieuse : une fois de plus, on ne la conviait pas à exprimer son point de vue. Mais sa fureur fut vite remplacée par un frisson de terreur lorsque Rann ajouta :

— N'importe lequel d'entre vous représenterait un otage idéal pour Mong Chi. Or, je n'ai aucune envie de me retrouver forcé de choisir entre vous et un dépôt de munitions.

5

Devant une telle éventualité, que ferait-il ? s'interrogea Storm avec amertume. Tout en marchant dans la pénombre de la jungle, elle jeta un coup d'œil à la silhouette de son compagnon, en tête du sentier. Lui-même portait un fusil en travers de son large torse. Etait-il chargé ? Si elle était enlevée, nul doute que sa préférence irait aux armes...

— Vous devriez ralentir, s'écria-t-elle avec colère. Je ne peux pas marcher à une telle allure.

Sa progression n'était gênée que par sa haute taille : il était obligé de se courber sous les branches basses. Mais il sautait sans peine au-dessus des racines d'arbres, enjambait tranquillement les plantes rampantes. A la différence de Rann, Storm n'avançait qu'avec difficulté en raison de son aversion pour cette flore inconnue, et de sa peur des serpents.

— N'essayez pas de me retarder, déclara-t-il d'un ton impatient en se retournant.

Néanmoins, Rann s'arrêta pour l'attendre.

— Je tente simplement de ne pas vous perdre de vue, protesta la jeune fille, à bout de souffle.

La perspective de s'aventurer seule dans ce monde végétal à la clarté glauque la remplissait d'horreur. Elle passa une main sur son front moite. Ses vêtements propres étaient devenus informes en raison de la chaude humidité de serre.

— Pour l'amour de Dieu, laissez-moi respirer un moment, haleta-t-elle. On se croirait dans un bain turc !

D'un geste irrité, elle chassa un nuage d'insectes planant au-dessus de son visage cramoisi.

— Je vais jeter un coup d'œil à la carte, pendant que vous vous reposez, affirma Rann.

Il ne semblait pas incommodé par la chaleur. Il étudia le plan comme s'il était dans son bureau. Sa compagne lui en voulut de son inhumanité.

— Combien de temps avez-vous mis pour gagner le village, hier ? s'enquit-il.

— Je ne sais pas. Après avoir supporté un atterrissage forcé, avoir vu l'avion exploser et s'enflammer, et soigné un homme blessé à demi-inconscient, je n'étais pas dans de bonnes conditions pour mesurer le temps passé...

Après cette pointe ironique, Storm ajouta d'un ton vindicatif :

— En outre, nos guides nous traitaient avec aussi peu d'égards que vous : ils se déplaçaient si rapidement que j'avais besoin de toute mon attention pour rester à leur hauteur.

— Reconnaissez-vous des points de repère sur cette piste ? demanda Rann, imperturbable.

Il avait choisi d'ignorer sa remarque acerbe.

— Non.

Un coup d'œil au visage crispé de Rann l'incita à préciser :

— Je me souviens seulement d'arbres à l'écorce rouge.

— Alors, nous sommes sur la bonne route.

— Comment le savez-vous ? questionna Storm afin de gagner du temps, et de rassembler ses forces.

— Je connais l'emplacement des bois durs, pour avoir prospecté dans le secteur.

Dans ses yeux brillait une curieuse lueur, et Storm le soupçonna de la mettre à l'épreuve : il vérifiait simplement si elle ne le trompait pas.

— Je ne cherche pas à vous égarer, tempêta-t-elle. Je ne tiens pas à prolonger indéfiniment ce calvaire !

A sa grande surprise, la jeune fille s'aperçut que Rann riait : il se moquait d'elle. Il ne se souciait pas de cacher son amusement. Exaspérée, elle leva la main pour le gifler.

— Attention ! prévint-il.

Toute gaieté disparut dans ses yeux verts, soudain semblables à deux morceaux de glace. En une fraction de seconde, il agrippa son poignet de sa main aux doigts d'acier. Il acheva son geste en emprisonnant son autre poignet, et il ramena les deux bras de Storm derrière son dos, tout en l'encerclant avec les siens.

— Ce n'était pas très avisé, la réprimanda-t-il avec une douceur trompeuse.

Prise de panique, elle tenta désespérément de se libérer. Tout en la maintenant fermement, Rann commença à la fixer longuement. Puis il l'embrassa, lui faisant oublier aussitôt son ressentiment et sa colère.

Dès qu'elle répondit à son baiser, Rann poussa un cri triomphant, et la relâcha. Ses yeux à l'éclat provocant la défiaient de le frapper à nouveau.

— Espèce de brute ! lança Storm.

Cependant, elle n'osa pas renouveler sa tentative, car elle craignait ses propres réactions si Rann l'étreignait encore. Alors, pour l'insulter, elle essuya ostensiblement ses lèvres, comme pour effacer toute trace humiliante.

— Vous n'êtes qu'un animal sauvage !

— La jungle en est pleine, commenta Rann d'un ton sarcastique.

Le visage fermé, il passa sa main autour de sa taille, et poursuivit d'une voix sèche :

— Je vous conseille donc de rester avec moi. Nous approchons de la clairière, et par là même du repaire de Mong Chi et de ses hommes.

Tout en la soutenant, Rann ralentit son pas : Storm trébuchait sans cesse, et serait tombée maintes fois s'il ne l'avait retenue d'un bras ferme. Storm se méprisait d'accepter son aide au lieu de marcher toute seule. Mais son indépendance, et sa fierté semblaient s'êre évanouies, et elle s'accrochait de toutes ses forces à lui. Cette réaction n'était pas due aux multiples dangers d'une jungle fourmillante ou à la présence des trafiquants : sa volonté et son orgueil l'avaient tout simplement abandonnée face à Rann Moorcroft.

— Voici les arbres à l'écorce rouge, haleta la jeune fille en les montrant du doigt.

Rann fit une halte, consulta sa carte après avoir relâché sa compagne, et ordonna :

— Marchez en silence derrière moi.

Il décrocha la bandoulière du fusil, le prit en main, et se mit à avancer prudemment, les sens en alerte. Sa souplesse et la couleur de ses cheveux évoquaient irrésistiblement les magnifiques fauves arpentant leur domaine.

— Nous sommes arrivés ! chuchota-t-il soudain.

Il s'immobilisa brusquement, et Storm, surprise, se cogna contre lui.

— Oui, je reconnais l'endroit, acquiesça-t-elle. Voyez les débris de l'avion...

— J'avais deviné l'emplacement exact, l'interrompit-il d'une voix calme.

— Alors, pourquoi m'avez-vous entraînée jusqu'ici ? s'indigna Storm.

Elle se sentait épuisée, et davantage oppressée par la proximité de Rann que par la chaleur. Or, d'après Krish, les travaux risquaient de durer encore six semaines, avant que le cours de la rivière ne soit déblayé : comment parviendrait-elle à supporter ce délai ?

— Je n'en aurai jamais la force, murmura-t-elle, désespérée.

— Vous irez mieux après vous être reposée, répondit Rann Moorcroft.

Elle sursauta : elle avait parlé à voix haute sans s'en rendre compte. A l'avenir, il lui faudrait se surveiller : Rann ne devait pas deviner...

— Venez vous asseoir à l'ombre du rocher, ordonna-t-il.

— Nous nous sommes abrités ici même avant l'explosion, reconnut Storm.

— A présent, dites-moi de quelle direction sont arrivés Mong Chi et ses hommes.

— Ils sont apparus à l'endroit où la végétation est plus clairsemée.

Après avoir jeté un coup d'œil, Rann remarqua :

— Cela ressemble à un sentier formé par le gibier, comme celui que nous avons emprunté pour venir. Les bêtes sauvages l'utilisent pour venir boire au cours d'eau. Les trafiquants doivent en faire autant pour se munir d'eau potable.

Storm se moquait de ses explications, et s'adossa contre le roc.

— Allez où bon vous semble. Je ne bougerai pas d'un centimètre, déclara-t-elle.

— Je compte simplement suivre une partie de la piste.

— Moi, je reste ici.

L'éboulis de pierres avait le mérite de la protéger du soleil implacable tandis que le reste de la clairière évoquait une fournaise.

— En ce cas, promettez-moi de ne pas vous éloigner, exigea Rann d'un ton cassant.

— Rassurez-vous : je ne vagabonderai pas sous cette chaleur de plomb.

Storm garda les paupières closes après le départ de Rann, en signe de total désintérêt pour son sort. Hélas, son repos fut de courte durée : bientôt, elle fut assaillie par une nuée de moucherons, et ne supporta plus de demeurer immobile, en proie à ces insectes enragés.

« Je réussirai à les garder à distance en confectionnant une badine », décida la jeune fille. L'abondance de la végétation lui laissait l'embarras du choix. Elle se redressa à regret, et se dirigea vers le plus proche bosquet composé de bambous et d'autres espèces. En se penchant pour cueillir sa baguette de feuillage, elle souleva un véritable nuage d'insectes minuscules. Avec un frisson de dégoût, Storm brossa frénétiquement son bras pour les chasser, puis se rejeta vivement en arrière.

Le rameau fraîchement cueilli s'avéra particulièrement efficace : quand elle l'agitait, les mouches restaient à l'écart, et le courant d'air la rafraîchissait. La jeune fille eut donc tout le loisir d'observer les alentours.

La clairière était silencieuse, contrairement à son idée préconçue sur les bruits de la jungle. Avec un certain malaise, elle regarda l'épais rideau de verdure, et se prit à regretter de ne pas avoir observé le départ de Rann : elle ignorait la direction prise par son compagnon. Or, le calme absolu de la clairière l'oppressait, comme s'il recélait une menace.

En outre, d'après Rann, les trafiquants ne reculeraient pas devant une prise d'otage... Il fallait réagir pour ne pas être pétrifiée par la peur. Storm décida d'aller examiner l'épave de l'avion, malgré la chaleur accablante. Elle se dirigea vers le torrent en s'interdi-sant de jeter un coup d'œil derrière elle.

« Quel gâchis ! » murmura-t-elle en apercevant la carcasse posée en travers des rives pentues du cours d'eau, le nez piqué vers l'avant. Un bloc d'argile avait freiné sa course, l'empêchant de plonger au fond de la rivière.

Stupéfiée par sa découverte, la jeune fille reconnut sa valise, échouée sur la berge, quelques mètres en contrebas. Elle avait dû glisser de la carlingue au cours de la chute. Enthousiasmée à l'idée de récupé-rer ses affaires, elle se précipita au bord de l'eau, oubliant ses craintes.

A présent, elle pourrait rendre la pareille à Li, et lui proposer, à son tour, de lui prêter des vêtements. Elle se pencha et tira sur la poignée à demi arrachée par le choc. Le cuir était abîmé, mais l'intérieur semblait intact. Avec jubilation, Storm reposa son bagage et ce mouvement brusque fit envoler quelque chose.

— Un papillon ! Comme il est joli ! s'exclama-t-elle.

Elle ne l'avait pas remarqué, car, les ailes repliées, il ressemblait à une plaque de boue. Mais son envol révéla ses couleurs éclatantes. Ravie par la beauté de ce spectacle, elle suivit impulsivement l'insecte, qui se percha paresseusement sous la carlingue. Impa-tiente de l'observer de plus près, elle s'en approcha. Alors, son pied glissa sur une pierre le long de la rive, et, le souffle court, la jeune fille alla tomber sous l'appareil. Il était risqué de s'aventurer plus loin sous l'épave, en équilibre instable.

Soudain, son regard se fixa sur un objet bizarre. Sourcils froncés, Storm tenta d'identifier cette forme étrange, cachée par l'ombre du fuselage. Après s'être accoutumée à la pénombre succédant à la lumière aveuglante, la promeneuse eut peine à en croire ses yeux.

— Des défenses ! s'écria-t-elle.

En s'écrasant, l'avion avait éraflé la terre, et révélé, juste sous le tas d'argile, la cache d'ivoire aménagée par Mong Chi. Après s'être avancée précautionneusement, Storm vit ses soupçons confirmés, et murmura d'un ton incrédule :

— J'ai trouvé le butin des trafiquants. Rann ne l'a pas mis à jour lui-même !

Le cœur léger, elle se mit à danser de joie, triomphante. Effrayé par ce mouvement brusque, le papillon s'envola à nouveau.

Storm eut envie de le suivre, et émergea dans la clairière après être sortie du lit du torrent, sans perdre de vue l'insecte couleur arc-en-ciel. Inconsciemment, elle chantonnait : « l'amour est un papillon insaisissable ». Tout à coup, son euphorie cessa : elle était parvenue en lisière de la jungle opaque, et un sentiment de désolation la submergea. La jeune fille fit halte, sans chercher à aller plus loin.

— Rann !

Comme par magie, il venait de surgir sur la piste, et marchait vers elle, dans le clair-obscur. Bientôt il la rejoignit, et son apparition auréolée de lumière la réconforta.

— Dieu merci, vous êtes de retour ! Je vais vous montrer quelque chose, annonça-t-elle fièrement.

— J'ai été bien inspiré de rentrer, s'écria-t-il d'un ton mordant. Avez-vous perdu la tête ?

— Pourquoi… ? Que… ? balbutia Storm.

— Je vous avais ordonné de demeurer à l'ombre ! fulmina Moorcroft. Voulez-vous ajouter une insolation à mes nombreux problèmes ? Votre visage est déjà tout rouge !

Rann se moquait pertinemment de la santé de son invitée : seuls les inconvénients possibles le préoccu-

54

paient. Indignée par sa réaction insensible, elle s'exclama, furieuse :

— Rien ne m'oblige à m'incliner devant vos ordres !

— Le simple bon sens aurait dû vous inciter à rester à l'abri. Si vous étiez venue avec moi sur le sentier, vous auriez au moins été protégée de la chaleur directe...

— Certes, mais alors je n'aurais pas trouvé, non plus, la cache d'ivoire de Mong Chi, débita Storm d'un trait.

— Décidément, vous avez un coup de soleil !

Contrairement à l'attente de la jeune fille, Rann n'exprima pas une surprise ravie, mais l'agrippa par le bras pour l'entraîner à l'ombre.

— Asseyez-vous, intima-t-il.

Il la força à obéir, puis passa la paume de sa main sur son front.

— Il est brûlant, grogna-t-il, exaspéré.

L'attitude de son compagnon mit un comble à la fureur de Storm. En outre, le contact de ses doigts causait plus de ravages que l'ardeur du soleil. S'il avait fait preuve d'un peu de gentillesse à son égard, elle se serait laissée aller à ses émotions en pleurant. Mais elle se leva d'un bond en criant avec irritation :

— Si vous ne me croyez pas, allez juger par vous-même !

Ragaillardie par ce soudain accès de colère, elle ajouta :

— Je viens avec vous : j'en profiterai pour récupérer ma badine, et mon bagage.

— Quelle badine ? interrogea Rann, intrigué.

— Je m'en suis confectionnée une tout à l'heure pour chasser les moucherons... Si vous ne m'accompagnez pas à la rivière, j'irai toute seule.

Sans vérifier s'il venait, elle se mit en route. Etrangement, l'accès au cours d'eau lui parut deux fois plus pentu que précédemment, et la chaleur encore plus écrasante. Storm se dirigea droit vers sa valise. En se penchant pour la ramasser, elle entendit les graviers crisser derrière elle.

Rann l'avait donc suivie, après tout. Avec un petit sourire de triomphe, elle déclara :

— Voilà ! A présent, peut-être croirez-vous que j'ai également trouvé la cache de l'ivoire.

— Je demanderai à un de mes hommes de venir chercher vos affaires, plus tard, répondit Rann avec indifférence.

Il sortit un petit talkie-walkie de sa poche, et enchaîna d'un ton incrédule :

— Si vous dites vrai, je dois alerter Krish.

— Je repartirai avec mes affaires, annonça la jeune fille d'un air buté.

— Il n'en est pas question : elles pèsent trop pour les porter sur le chemin du retour, indiqua Rann après les avoir soupesées.

Bien décidée à lutter pour ne pas être privée de ses vêtements, Storm saisit, elle aussi, la poignée, et cette résistance inattendue fit tomber la petite radio des doigts de son compagnon.

— Portez-la vous même si vous le désirez, maugréa Rann. Vous y renoncerez bien vite.

Il se baissa pour récupérer son appareil émetteur, puis ajouta :

— Montrez-moi la cache annoncée : nous pourrons ainsi quitter cette fournaise, et retrouver l'ombre des arbres.

— Regardez sous l'épave de l'avion, près du bloc d'argile. En dérapant, l'une des ailes a arraché la couche de terre et mis à jour les défenses.

Tout en portant avec difficulté sa précieuse valise, Storm s'approcha elle aussi, mais Moorcroft l'arrêta en la prenant aux épaules.

— Attention : c'est dangereux car l'appareil risque de glisser.

— Je m'en étais doutée, répliqua-t-elle avec mépris.

En fait, elle lui fut reconnaissante de cette halte forcée, et posa son fardeau sur le sol, déjà épuisée par ce court trajet sous un soleil de plomb. Soudain, les lèvres de son compagnon émirent un long sifflement et Storm se sentit amplement récompensée par son plaisir manifeste. Hélas, elle ne parvenait pas à goûter pleinement la joie de son triomphe : la carcasse de l'avion, le lit de la rivière, tout semblait vaciller de façon étonnante. Comme dans un songe, elle entendit une série de cliquetis métalliques, et la voix de Rann qui disait :

— Krish, rejoins-nous.

Rann agita son récepteur d'un air furieux.

— Il a dû se casser en tombant, hasarda la jeune fille avec indifférence.

— C'est de votre faute, l'accusa-t-il. Si je ne parviens pas à établir le contact, nous devrons laisser l'ivoire sur place.

— Peu importe : il faudrait un éléphant pour déplacer l'appareil et prendre le butin.

— Une petite charge de dynamite suffirait, rappela sombrement Moorcroft. Or, Mac en a volé...

A l'évocation du pilote, Storm plissa le front d'un air perplexe : elle ne se souvenait plus de son visage. Elle se concentra sur cette idée, mais la chaleur intolérable embrouillait son esprit. Ses oreilles résonnaient d'un bourdonnement croissant, et les objets s'estompaient sous une brume de plus en plus dense...

— Je crois que je vais m'évanouir, murmura-t-elle faiblement.

Aussitôt, elle perdit connaissance.

6

Sans doute avait-elle finalement réussi à prendre place à bord du paquebot : elle le sentait tanguer et rouler. Cependant, elle s'expliquait mal son impression nauséeuse, n'étant habituellement pas sujette au mal de mer. Le navire devait être pris dans une tempête...

Pourtant, le bateau grondait sourdement : même en cas d'ouragan, de tels bruits paraissaient incongrus pour un transatlantique moderne. Heureusement, la cloche de pont tintait joyeusement. Storm se mit à en compter les coups, puis abandonna : elle tintait sans discontinuer. Ce fait s'avérait étrange : une journée ne compte jamais que vingt-quatre heures. A moins qu'il ne s'agisse d'une sonnette d'alarme, déduisit-elle, perplexe. En général, on l'actionnait en cas de feu, ou d'incendie, ou... Elle ouvrit les yeux et regarda autour d'elle.

Stupéfaite, la jeune fille constata qu'elle se trouvait sur un vaisseau gris et dur. Il avançait grâce à de puissants muscles, et barrissait de temps à autre.

« C'est un éléphant. Je suis installée sur son dos », s'étonna Storm. Avec un certain effroi, elle se rendit compte qu'elle était plus précisément suspendue au flanc de l'animal dans un panier d'osier. Sa progression était accompagnée du carillon incessant des sonnailles de bois accrochées à son cou. D'une main prudente, Storm s'agrippa au rebord de sa nacelle, et se redressa de sa position allongée. Mais elle regretta immédiatement son geste : le sol semblait à des mètres de distance, et le couffin aux mailles lâches risquait de céder à tout instant.

— Oh, mon Dieu !

Le cornac perché nonchalamment sur la tête du pachyderme se tourna en entendant son exclamation désemparée. Il lui adressa un large sourire rassurant, en découvrant ses lèvres et ses dents tachées d'un rouge dû au constant mâchonnement de feuilles de bétel. Puis il cracha, avec l'adresse due à une longue pratique.

— Rann ? s'enquit-elle brusquement.

Les derniers événements lui revenaient en mémoire avec une clarté terrifiante : avait-elle été prise en otage par les hommes de Mong Chi ou secourue par un ouvrier de Moorcroft ?

— Rann ? répéta-t-elle avec anxiété.

L'indigène se retourna et lui dit quelques mots dans une langue aux douces sonorités, mais elle n'en comprit pas la signification.

— Rann ?

— Je suis là, lança une voix venue d'en dessous.

Storm abaissa rapidement les yeux, et fut soulagée à la vue de Rann, marchant tranquillement à côté de l'éléphant.

— Comment vous sentez-vous, à présent ? s'enquit-il, en la fixant de ses prunelles vertes.

Son cœur battit la chamade tandis qu'elle croisait le regard scrutateur de Moorcroft. Son expression froide et perçante la découragea, mais elle se reprit suffisamment pour articuler :

— J'avoue que j'ai plaisir à vous voir. Je pensais... je me demandais...

— Redoutiez-vous d'avoir été capturée par les

trafiquants ? coupa-t-il, en devinant sa peur. Rassurez-vous : c'est moi qui vous ai enlevée.

Indignée, Storm devint cramoisie : son compagnon s'attendait sans doute à ce qu'elle se réjouisse. Il faisait preuve d'une telle suffisance ! Il l'avait retenue contre son gré, et la considérait comme un fardeau, sans aucun égard pour les lois sacrées de l'hospitalité. En outre, il avait brisé sa carrière, et en plus, elle devrait le remercier ! La jeune fille le dévisagea d'un air furibond, mais une lueur moqueuse brillait dans les yeux de Rann, amusé par sa colère.

— Je... vous... commença-t-elle en balbutiant.

— *Thakin !*

Le cornac venait d'arrêter son éléphant après avoir attiré l'attention de Moorcroft. Il leva la main pour les prévenir de se taire.

Storm n'entendait rien, mais l'attitude tendue des deux hommes n'était sûrement pas injustifiée. Avec une souplesse de félin, Rann fit glisser le fusil de son épaule, et le tint bien en main. Les bruits de la jungle s'interrompirent un instant, et tout à coup retentit le sifflement très net d'une balle.

Le son fut amorti par l'épaisseur du feuillage, mais il provenait indubitablement d'une arme à feu. Les sens aux aguets, semblable à une créature sauvage, Rann tentait d'en découvrir la provenance.

Deux autres coups de carabine éclatèrent, suivis d'un silence oppressant. Storm ouvrit la bouche pour hurler, mais le jeune homme prévint son cri en se tournant vers elle, un doigt posé sur les lèvres. Puis, après avoir fait signe au cornac de se mettre en route, il passa en tête du sentier.

Jamais un voyage ne lui avait semblé aussi long : épuisée par une tension douloureuse, Storm écarquillait les yeux en scrutant les deux côtés de la piste. Enfin, ils atteignirent le village et le bungalow. Rann l'aida à descendre de son perchoir, tout en l'informant :

— Votre valise se trouve dans l'autre panier. Gurdip la transportera dans votre chambre.

Son ton calme contrastait étrangement avec sa voix soucieuse quelques instants auparavant. Il ressemblait à un propriétaire d'hôtel accueillant une cliente le premier jour de ses vacances balnéaires. Storm faillit éclater d'un rire hystérique, mais se contint en s'agrippant au bras de son compagnon.

— Vous sentez-vous encore étourdie ? demanda-t-il.

— Non. Non, je vais bien, haleta-t-elle.

La jeune fille avait presque oublié son insolation, mais sa peau brûlée la faisait souffrir.

— Alors, je vous laisse : je dois contacter Krish de toute urgence.

— En effet, je me débrouillerai parfaitement toute seule, répondit-elle fièrement. Mais, puisque votre ami vous a envoyé un éléphant et son cornac, j'imagine que vous avez déjà réussi à le joindre.

— Comment y serais-je parvenu avec un émetteur cassé ? riposta-t-il avec un dur regard accusateur. Par mesure de sécurité, le conservateur nous avait envoyé un de ses hommes : il est arrivé juste après votre évanouissement. Sans lui, nous aurions dû attendre le coucher de soleil et rentrer par nos propres moyens.

Storm remercia mentalement Krish de lui avoir épargné un voyage de retour en compagnie de Rann. Ce dernier tendit la main pour lui permettre de gravir les marches du bungalow, mais elle le repoussa d'un air maussade : son bras endolori ne supporterait pas le moindre contact. En outre, son orgueil la poussait à dédaigner son aide. Moorcroft se dirigea alors vers son bureau pour établir une liaison radio avec les travailleurs du chantier.

Storm lui en voulait d'avoir gardé le mystère sur l'origine des coups de feu : il lui déniait ainsi tout droit de participation aux événements.

Heureusement, la vue de sa valise posée près de son lit lui procura une agréable diversion. Elle ouvrit le couvercle d'un geste impatient, et constata avec joie que ses vêtements, préservés par des sacs en plastique, n'avaient pas souffert de l'humidité. Puisque son hôte était occupé dans son bureau, rien ne l'empêchait de disposer de la douche avant de se changer.

L'eau rafraîchit délicieusement son corps, excepté son bras droit : il la brûlait de l'épaule au poignet. Elle le tamponna doucement pour le sécher, mais la douleur s'intensifia. Irritée par une terrible démangeaison, elle se frictionna frénétiquement ; hélas, le frottement aggrava encore son état ! Inquiète, Storm compara la couleur des deux membres : le gauche était uniformément écarlate, tandis que le droit se marbrait de plaques, comme pour une éruption.

La jeune fille décida de faire appel à Gurdip, le serviteur, pour lui demander un baume calmant. Mieux valait s'adresser à lui qu'à Rann, qui la blâmerait une fois de plus pour son imprudence. Elle chercha dans la pile de ses vêtements étalés sur le lit, et choisit une robe blanche sans manches. Entre-temps, la douleur avait pris des proportions insupportables. Storm tenta de passer un boléro à raies rouges et blanches, mais le lâcha en poussant un cri.

— Rann ! Rann !

En trébuchant, elle se raccrocha à la chaise pour ne pas tomber, mais la renversa d'un mouvement maladroit en produisant un terrible fracas. A ce moment précis, la porte de sa chambre, poussée violemment par Rann, claqua contre le mur.

— Que diable vous arrive-t-il ? s'enquit-il avec colère.

Comme elle titubait, il la saisit pour la retenir, et la jeune fille s'exclama :

— Oh, j'ai mal ! Faites attention !

— De quoi souffrez-vous ? questionna Moorcroft en relâchant son étreinte. Etes-vous tombée ? J'ai entendu un bruit de chute. Est-ce pour cette raison que vous avez hurlé ?

— Non... oui... non... balbutia Storm, déroutée par ces multiples questions. J'ai crié à cause de... ça.

D'un doigt tremblant, elle indiqua la direction du lit, et enfouit son visage contre l'épaule de Rann en frissonnant.

— Mais il n'y a rien... ah !

Il marqua une légère pause, puis émit un son rauque. Interdite, la jeune fille leva les yeux vers son visage : son compagnon était secoué par un rire incoercible !

— Ce n'est pas drôle ! protesta-t-elle, indignée. Je déteste les araignées !

L'insecte confortablement installé au milieu du couvre-lit mesurait facilement la taille d'une balle de tennis. Son corps d'un gris boueux comportait huit pattes velues.

— Elle bouge... ! hurla Storm, les yeux agrandis de terreur.

— N'ayez crainte : elle est inoffensive.

Il souleva Storm dans ses bras en déclarant :

— Il faut vous reposer : vous tremblez comme une feuille.

— Ne me mettez pas sur le lit. *Non !*

— Allons, calmez-vous, intima Rann. Je ne compte pas vous installer de force à côté de cet insecte qui vous terrifie. Pour qui me prenez-vous ?

Il éleva la voix, et appela :

— Gurdip !

Dès l'arrivée de son serviteur, Rann lui dit quelques mots. Horrifiée, Storm le vit attraper la petite bête, un sourire amusé errant sur ses lèvres. Sans montrer la moindre répulsion, il la porta soigneusement au-dehors.

— A présent, couchez-vous, conseilla Rann en se penchant doucement vers elle. Il ne risque pas d'y en avoir d'autres : elles préfèrent vivre dans les arbres, et celle-ci avait dû être apportée là par Gurdip.

— Comment ? s'indigna la jeune fille en se redressant. S'il croit pouvoir plaisanter avec ce genre de choses...

— Rassurez-vous, l'interrompit Rann. Il ne cherchait pas à vous jouer un mauvais tour. Les indigènes s'emparent délibérément de ces insectes pour les mettre dans leurs maisons, car ils sont réputés chasser les mouches et les cafards. Gurdip vous a fait une faveur en vous apportant une araignée hautement prisée chez les siens.

— Je m'en serais bien passée !

— Je veillerai à ce que cet incident ne se reproduise plus, promit Rann en souriant.

Agacée par la lueur rieuse de son regard, Storm se mit à frotter son bras avec ressentiment.

Son mouvement attira l'attention de son compagnon. Il s'agenouilla, et inspecta la zone enflammée en fronçant les sourcils.

— Quand vous étiez dans la clairière, de quelle main avez-vous cueilli votre badine ? interrogea-t-il sans transition.

— De la droite, répondit-elle, éberluée par la question. Ce n'est qu'un coup de soleil : un peu de crème me calmera.

— Je doute qu'elle soigne les piqûres des tiques du bambou, remarqua ironiquement Rann.

— Co... comment ? bredouilla Storm.

— Vous avez sans doute dérangé un nid de tiques en coupant votre baguette de bambou, et elle se sont ruées sur votre bras. Si vous étiez restée à l'ombre du rocher, comme je vous l'avais conseillé... ajouta-t-il d'un ton critique.

— J'aurais été dévorée vive par les moucherons, coupa-t-elle rageusement. Pour l'amour du Ciel, soulagez-moi de cette horrible démangeaison !

— Le remède ne vaudra guère mieux, prédit Rann, en quittant la pièce sur cette menace voilée.

Cinq minutes plus tard, il était de retour, une trousse à pharmacie à la main. Il tamponna un morceau de coton d'un liquide nauséabond et l'appliqua sur le bras de sa patiente.

— Oh, ça pique ! protesta Storm. On dirait un acide !

— Il s'agit seulement d'essence de térébenthine, un médicament classique, mais efficace. Laissez-vous soigner.

Rann continua à badigeonner sans remords la peau de la jeune fille, brûlée par cette lotion.

— Vous êtes une brute ! geignit-elle.

— C'est votre faute. J'espère que ceci vous servira de leçon... A l'avenir, vous respecterez davantage votre environnement. Quand vous en saurez davantage sur la jungle, vous...

— Qui aurait envie d'en apprendre plus ? fulminat-elle. Cet univers plein de menaces et de dangers imprévisibles me dégoûte.

— Tout n'y est pas négatif, riposta paisiblement Moorcroft. Souvenez-vous : vous m'avez également parlé de splendides papillons...

Bizarrement, l'expression de son visage avait changé, et devant cette transformation inattendue, Storm ravala ses protestations véhémentes.

— Essayez de dormir avant le retour de Li, conseilla-t-il d'une voix radoucie. Le remède agira rapidement : d'ici un jour ou deux, ce ne sera plus qu'un mauvais souvenir.

Rann se pencha, et d'un geste étonnamment doux,

rabattit la moustiquaire. Aussitôt, elle regretta d'être séparée de lui par cette gaze qui lui dissimulait son regard. Comme elle s'efforçait de voir au travers, ses yeux s'embuèrent de larmes. Elle se tourna sur le côté, pour que Rann ne voie pas la larme roulant sur sa joue : Storm ne voulait pas avouer sa faiblesse. Du reste, même s'il s'en rendait compte, il l'attribuerait sans doute à la douleur cuisante de son bras. Hélas, aucune dose de térébenthine ne parviendrait à guérir la plaie de son cœur !

La jeune fille ferma les yeux, et demeura immobile. Au bout d'une interminable minute, elle entendit ses pas s'éloigner. Rann ouvrit la porte, et la referma tout doucement. Alors, elle se détendit, et les images des derniers événements se bousculèrent dans son esprit. Bientôt, la fatigue prit le dessus, et elle s'endormit.

7

— Mon bras va mieux, mentit Storm, sur la défensive, sans laisser à Rann le temps de parler.

— Il a simplement meilleur aspect, contredit-il froidement.

Il cessa de contempler sa carte pour jeter un coup d'œil à l'inflammation, puis se replongea sur son plan étalé sur la table. La jeune fille fut agacée par le ton absolument sans réplique de son compagnon.

— Je vous conseille de faire honneur au petit déjeuner, suggéra-t-il sans la regarder.

— Je n'ai pas faim, et je me contenterai d'une tasse de café.

— Comme vous voudrez, répliqua Rann avec indifférence. Nous partons toute la journée, et vous seule resterez le ventre vide jusqu'à notre retour.

— Je m'en moque, je... oh, Gurdip, merci pour mes vêtements.

Storm profita de la diversion offerte par l'apparition du serviteur. Avec une telle chaleur, mieux valait ne pas engager une nouvelle bataille avec son hôte.

— Et... merci également pour ces objets.

Elle indiqua d'un signe de tête un ingénieux éventail, et un large chapeau, tous deux en jonc tressé. Elle les avait découverts posés sur son tailleur-pantalon, fraîchement lavé et repassé, à côté de son plateau de thé, à son réveil.

A la différence de Rann, l'amical Gurdip ne s'épargnait aucune peine pour que leur invitée se sente chez elle au bungalow. Elle lui en était profondément reconnaissante, et ne lui gardait aucune rancune pour sa malheureuse rencontre avec l'araignée.

— Après avoir remarqué l'état de vos bras, hier au soir, Gurdip a spécialement coupé et tressé les brins de jonc à votre intention la nuit dernière, commenta Moorcroft. Il a également préparé des chapatis frais pour vous.

Il s'agissait d'un chantage non déguisé. Il la défiait de refuser un des plats gentiment confectionnés par le domestique. Pour ne pas décevoir ce dernier, toujours présent, Storm dut s'incliner et goûter à sa cuisine. Elle lança un regard hostile au provocant jeune homme, puis s'exécuta.

— Ils sont délicieux, Gurdip, déclara-t-elle en faisant mine de se régaler.

Sa bouche percevait seulement la saveur aigre de la défaite, mais elle se força à prendre une seconde galette. Cette fois, elle étala une fine couche de miel sauvage et la trouva délicieuse. Une moue moqueuse se dessina sur les lèvres de Rann, et Storm avala précipitamment une gorgée de café pour dissimuler sa colère.

— *Thakin?*

Le cornac qui l'avait ramenée la veille appelait Rann du bas des marches de la véranda. Il se leva aussitôt, échangea quelques mots avec l'arrivant, puis déclara à Storm :

— Si vous avez fini, vous feriez mieux de venir avec moi.

— Pourquoi cet homme est-il venu ? s'enquit-elle gagnée par la curiosité.

— Il m'a demandé d'aller rejoindre les travailleurs. Ils doivent laver leurs éléphants avant le début de la journée de travail.

— Je n'en crois pas un mot ! Vous êtes toujours aussi sarcastique, lança la jeune fille, irritée.

— Eh bien, suivez-moi, se contenta de répondre Moorcroft.

Il se mit en route avec le coolie en direction du village. Malgré l'heure matinale, il faisait déjà très chaud ; Storm prit son chapeau et son éventail avant d'emboîter le pas aux deux hommes. Les villageois débordaient d'activité tandis que les enfants jouaient joyeusement au bord de la rivière. Celle-ci s'élargissait pour former un vaste bassin, tout près des maisons. La veille, la jeune fille y avait vu des femmes laver leur linge.

Ce matin, le cours d'eau offrait un autre spectacle : une demi-douzaine d'éléphants étaient assis ou couchés dans cette piscine naturelle, comme d'imposantes matrones dans un salon de beauté, songea Storm, amusée. Leurs cornacs avaient noué leurs sarongs en pagne, et ils frottaient énergiquement les énormes animaux.

— Me croyez-vous, à présent ? railla Moorcroft.

Rougissante, Storm décida d'ignorer son ironie, et riposta :

— Si ce rituel est quotidien, vous devez importer une immense quantité de savon.

— Les autochtones se passent d'objets manufacturés, ainsi que d'argent. Ils utilisent l'écorce d'un arbre comme produit nettoyant, et du sable pour polir les défenses. Chacun s'efforce, par orgueil, de soigner le mieux possible son pachyderme.

— Ils ressemblent en cela aux Européens, avec leurs chevaux et leurs voitures, suggéra Storm souriant de sa comparaison.

Le rire de son compagnon lui fit écho, créant entre

eux une complicité inattendue. Storm appréciait la scène qui se déroulait devant elle. Le visage de Rann exprimait un plaisir sincère et presque enfantin devant ce spectacle. Pour la première fois, il révélait une autre facette de sa personnalité. En songeant au contraste avec son comportement habituel, la jeune fille sourit. Absorbée dans sa contemplation, elle ne vit pas qu'à cet instant précis, Moorcroft la contemplait avec une expression étrange. Peu après, il conseilla :

— Eloignez-vous, les cornacs les ramènent sur le rivage, à présent.

En effet, ruisselant d'eau, les pachydermes s'alignèrent un à un sur la berge, montés par leurs guides. Un seul homme était resté au sol, une lance aiguisée à la main ; il se tenait près de l'un des éléphants. Storm lança un coup d'œil craintif à Rann.

— Ce coolie est chargé de la protection du cornac, expliqua ce dernier en réponse à sa question informulée. Ce mâle particulièrement dangereux a fréquemment des sautes d'humeur. Or, son propriétaire ne peut le surveiller sans cesse. L'homme à la lance s'en occupe à sa place, et le mastodonte sait qu'en sa présence, il vaut mieux se tenir tranquille.

Soudain, Storm frissonna : la magie des minutes précédentes s'était effacée pour faire place aux dures et cruelles lois de la jungle.

— Mais pourquoi le cornac monte-t-il un animal dangereux ? s'étonna-t-elle.

— La fierté l'y pousse : il peut ainsi se vanter de mener un solitaire.

— Oh, l'orgueil masculin ! explosa Storm.

— Sachez que la maîtrise d'une bête fantasque exige un expert. Par ailleurs, une cloche métallique le signale à tous comme dangereux.

— Je regrette que cette discrimination ne soit pas

étendue aux êtres humains, lança-t-elle, incapable de résister à l'envie de provoquer Rann.

— Excellente idée ! Adoptons des clochettes en bronze pour les hommes, et en argent pour les femmes, répliqua Rann du tac au tac.

Sans lui laisser le temps de riposter, il enchaîna :

— Chaque matin, lorsque les hommes vont chercher leurs montures dans la jungle, leurs sonnailles de bois leur évitent d'être chargés par surprise.

— Ces animaux domestiques retourneraient-ils à la vie sauvage, le soir ?

— On ne peut les garder dans des écuries, comme des chevaux, et on ôte leurs entraves après leur journée de travail. Bien entendu, il est parfois difficile de les récupérer quand on a besoin d'eux... comme à présent, ajouta Moorcroft d'un ton sec.

Le chantier l'appelait, la trêve était finie, et sa compagne en fut soudain attristée.

— Pourquoi sommes-nous venus ici ? s'enquit-elle.

— Ce matin, un des indigènes a aperçu des traces dans la jungle : il voulait m'en parler.

Il ne s'expliqua pas davantage. Peut-être n'en savait-il pas plus lui-même, mais Storm ne put s'empêcher de lui en vouloir. A ce moment, un homme s'approcha de Rann, et discuta avec lui. La jeune fille attendit la fin de leur conversation avec un malaise croissant : le solitaire, privé de son cornac, était non loin d'elle, et la proximité de ce mastodonte ne la rassurait guère... même si son gardien armé de sa lance le surveillait.

Avec effort, elle desserra ses poings crispés. Ses paumes étaient moites. Agenouillé sur le sol, le coolie dessinait un plan dans la poussière du bout de son doigt. Moorcroft, qui s'était penché pour observer, se releva soudain en déclarant :

— Retournons au bungalow. Je veux envoyer un message radio à Krish, pour le prévenir.

Après avoir donné des ordres brefs, il prit Storm par le bras, et se dirigea à grandes enjambées vers sa demeure.

— De quoi désirez-vous l'avertir ?

Storm, essoufflée, suivait difficilement son compagnon. Elle ne pouvait pas ralentir, car il l'entraînait sans ménagement sur ses pas. Cependant, au souvenir de l'éléphant dangereux, elle se retourna avec appréhension, et trébucha contre Rann.

— Avez-vous oublié quelque chose là-bas ? demanda-t-il avec impatience.

— Non... non... Mais pourquoi cette hâte ? Rien ne justifie une telle course sous une température aussi accablante, riposta-t-elle avec aigreur.

— Oh si ! A l'aube, les cornacs ont découvert la piste d'un pachyderme blessé. Ils l'ont suivie, et ont vu l'animal de l'autre côté du ravin. Malgré la distance, ce dernier les a chargés. Heureusement, ils étaient hors d'atteinte de ses foulées meurtrières.

D'une voix cassante, il ajouta :

— Mac est aussi fou que mauvais tireur.

— Pourquoi l'accusez-vous ? s'étonna Storm.

— Les coups de feu entendus hier provenaient d'une carabine moderne, et la bande de Mong Chi n'utilise que de vieux fusils. En outre, les trafiquants tiennent trop à leur vie pour laisser errer un mastodonte blessé. Ils l'auraient certainement achevé. Par ailleurs, on a tiré à trois reprises.

— Et que vous indique ce nombre ? questionna la jeune fille, noyée sous ce flot d'explications.

— Il présente des indices sûrs, affirma Rann en l'obligeant à gravir les marches de la véranda. Au premier coup, le pilote a sans doute touché la bête : il est difficile de manquer une telle cible. Celle-ci a probablement foncé sur le chasseur, et ceci expliquerait les deux autres détonations, presque simultanées. Elles ont été tirées par un homme aux abois, incapable de viser soigneusement. Ensuite, il a laissé tomber son arme, ou son chargeur était vide...

— Alors, Mac risque de se trouver seul dans la jungle, *blessé !* s'exclama Storm, horrifiée. Il faudrait envoyer une expédition de secours avant qu'il ne soit trop tard.

— On perdrait du temps inutilement, objecta Moorcroft. Si l'éléphant l'a piétiné, il est déjà trop tard. Dans le cas contraire, il s'est échappé sans dommages.

Abasourdie par son ton impassible, elle se récria :

— Comment pouvez-vous être aussi insensible ? Etes-vous dépourvu de tout sentiment humain ?

— Krish, Li et tous les ouvriers m'importent bien davantage qu'une fripouille, lança sèchement Rann.

En parlant, il fit volte-face, et Storm fut effrayée par le soudain éclat de ses yeux.

— Poussé par la convoitise, le pilote a blessé un magnifique animal, et n'a pas craint de mettre en danger d'innocentes populations. En effet, le pachyderme en voudra aux autres êtres humains pour sa longue agonie, et attaquera n'importe qui pour se venger. C'est pourquoi je dois prévenir Krish du péril encouru. Il avertira ses hommes qui se tiendront sur leurs gardes.

Rann ouvrit brusquement la porte de son bureau, et mit en marche le poste de radio.

— Allô, Krish...

Il brancha l'appareil en position de réception, et la voix désincarnée du conservateur leur parvint aussitôt :

— Ici, Krish. Que se passe-t-il ?

— Eh bien, voilà...

En quelques phrases précises, Moorcroft mit son

ami au courant des derniers événements de la matinée.

— Merci, répliqua ce dernier. Je transmettrai votre message à tous.

Malgré sa colère, Storm s'émerveilla du calme manifesté par ces deux hommes en d'aussi tragiques circonstances. Elle-même était bouleversée.

— A présent, nous pouvons partir, signala Rann après avoir éteint l'appareil de radio.

— *Nous ?*

Stupéfaite, elle ne s'attendait pas à une telle déclaration : elle pensait passer la journée au bungalow.

— Nous allons ramasser l'ivoire, bien sûr. Le temps presse, car à tout moment, Mong Chi risque d'utiliser la dynamite dérobée par le pilote, pour faire sauter la carcasse de l'avion et récupérer son butin.

Storm l'avait suivi dans la véranda, et contempla un instant la jungle au silence empli de menaces, avant de souligner :

— Si Mac a réussi à le contacter, Mong Chi a certainement tout déménagé à l'heure actuelle.

— Cela n'est pas prouvé. Les trafiquants ont sans doute mis leur nouvelle recrue à l'épreuve avant de lui accorder leur confiance. Peut-être ont-ils suspecté un piège. Ainsi, Mac a sans doute tiré sur l'éléphant en gage de sa bonne foi.

— Et vous-même, vous servirez-vous des explosifs ? s'enquit Storm d'une voix tendue.

— Je ne tiens pas à signaler ma présence aussi ouvertement, rétorqua Rann d'un ton acide. Un cornac se chargera de faire tirer l'épave par sa monture. Une fois déséquilibré, l'appareil glissera de la berge jusque dans le lit de la rivière, et nous pourrons dégager les défenses sans risque inutile. Si

74

vous voulez, vous vous rendrez là-bas dans l'un des paniers de l'éléphant.

— Pour rien au monde ! s'exclama la jeune fille.

Les yeux écarquillés par la terreur, elle se remémora le gardien armé de sa lance pour surveiller le solitaire.

— Je n'approcherai pas cet animal ! ajouta-t-elle.

— Nous n'emmènerons pas le solitaire pour cette tâche, assura son compagnon.

Il devinait ses pensées avec une aisance stupéfiante.

— D'ailleurs, voici notre convoi, reprit-il.

Il désigna d'un geste une femelle éléphant, montée par son cornac, qui s'avançait vers eux. Puis il descendit les degrés de la véranda, et se mit à parler à l'indigène. Après quelques mots, Rann se retourna avec un large sourire en expliquant :

— *En général,* les femelles sont plus dociles que les mâles.

Piquée au vif par cette remarque ironique, Storm pinça les lèvres, bien décidée à ne pas s'incliner une fois de plus devant les ordres de Rann. Elle l'accompagnerait, certes, mais à pied. Elle rejoignit son compagnon en bas des marches, tout en brandissant son éventail comme une bannière.

Soudain, le cornac lança un cri guttural à son animal qui se coucha avec obéissance devant elle.

— A vous, ordonna Rann.

Avant qu'elle n'ait eu le temps de comprendre, il l'avait prise dans ses bras.

— Lâchez-moi ! s'écria-t-elle, furieuse.

Sous le regard curieux du cornac, Storm tenta de frapper Rann de son chasse-mouches, mais il resserra son étreinte en prévenant son geste.

— Je vous ai prévenue : vous irez à la clairière de cette manière, aujourd'hui, annonça-t-il calmement.

Entre-temps, il avait déposé la jeune fille dans la

nacelle accrochée. En se débattant, Storm fit tomber son chapeau qui roula au sol.

— Je veux sortir de là, tempêta la jeune fille. Et rendez-moi mon chapeau !

— Certainement, acquiesça Rann.

Il alla le ramasser, puis déclara :

— Aucune femme sensée ne s'exposerait au soleil sans cette protection indispensable.

Moorcroft le déposa nonchalamment sur la tête de sa compagne, rendue furieuse par son ton moqueur. Le rebord tomba sur ses yeux, l'aveuglant temporairement. Tandis qu'elle le remettait en place, un ordre bref fit vaciller sa nacelle : l'éléphant se relevait.

— Vous... commença-t-elle.

Elle ne céda pas à l'envie de jeter son couvre-chef sur Rann : mieux valait ne pas s'en séparer en vue du long voyage. Storm s'assit avec précaution, et regarda autour d'elle.

— N'essayez pas de sauter : vous vous fouleriez la cheville, observa Moorcroft. De toute façon, votre sécurité est beaucoup mieux assurée en l'air qu'au sol.

Cette allusion glaça la jeune fille. Rann imprima un mouvement de balancier à sa carabine, et s'avança en tête du convoi. Storm pressa sa main contre sa bouche pour retenir ses cris de supplication : elle l'aurait prié de rester à ses côtés.

Ce dernier, en effet, offrait une cible parfaite à la colère du pachyderme blessé. Tout à coup, Storm comprit qu'il l'avait contrainte à voyager de cette manière pour la protéger en cas d'attaque éventuelle, et sa rage fut balayée par une vague de remords. Ses yeux s'embuèrent de larmes quand elle vit Rann s'exposer seul, à quelques mètres devant elle.

— Je marcherai avec vous au retour, décréta Storm en descendant de son perchoir.

Ils étaient arrivés dans la clairière.

— Peut-être n'aurez-vous pas le choix, risposta Rann. Cela dépend de la quantité d'ivoire à charger dans les couffins.

Elle eut l'impression de recevoir une gifle en plein visage : sa sécurité ne comptait plus dès qu'il s'agissait de l'ivoire. Son teint, d'abord empourpré, devint livide. Toute son agressivité refaisait surface.

— Quoi qu'il arrive, les défenses passent en premier, nota Storm d'un ton sarcastique.

— Je veux éviter de les endommager : abîmées, elles perdent de leur valeur, convint-il d'une voix égale.

— Si je comprends bien, les autres auraient tort de vendre l'ivoire, mais vous, vous en avez le droit, railla-t-elle.

— Personne n'est autorisé à tirer le gibier dans la réserve de Kheval, sauf les gardes, répliqua brusquement Rann. Et ces derniers agissent ainsi uniquement pour contrôler les espèces animales. Il existe un marché légal pour les bêtes tuées de cette façon. Nous nous adressons donc à cet organisme officiel et les bénéfices seront alloués au fonctionnement de la réserve au lieu de remplir les poches des trafiquants.

Ils en trouvèrent au total douze, produit de la mort de six éléphants. Storm fut envahie d'une immense compassion à la pensée de ces pauvres victimes. Leur propre animal de charge avait poussé l'épave de l'avion en s'accompagnant d'un puissant barrissement. Effrayée par ce son, Storm avait bondi en arrière.

— Si vous étiez venue sur le chantier, vous seriez accoutumée à entendre ces valeureux auxiliaires, remarqua Rann en riant de sa confusion.

Vexée, elle feignit de s'intéresser au spectacle. Les deux hommes avaient commencé à manier la pelle pour dégager l'argile masquant la cache. Leur travail dérangea des papillons posés au même endroit que la dernière fois, et ils s'envolèrent en formant un nuage coloré. Rann le suivit des yeux, puis, brusquement, il les fixa sur Storm. Quelque chose d'impalpable passa entre eux, avant qu'il ne retourne à sa tâche. Le cœur de la jeune fille battait à tout rompre.

— Ce chargement doit valoir une fortune, remarqua-t-elle en voyant les deux hommes remplir les paniers.

La femelle éléphant était couchée docilement, et mâchonnait des pousses de bambou d'un air satisfait. Cette position indolente évoqua à Storm, amusée, l'image d'un enfant suçant son sucre d'orge tandis que sa mère faisait ses courses.

— Il aidera à financer les projets de Krish pour la réserve, rétorqua Rann.

— Les deux nacelles sont remplies, nota Storm avec un certain ressentiment.

— Il a fallu répartir équitablement le poids, pour ne pas déséquilibrer la monture. Je vous aiderai au retour, ajouta Rann.

La jeune fille était excédée, mais ce sentiment ne dura pas. En effet, son compagnon lui prit la main, et la soutint à chaque passage difficile. Elle aurait aimé que ce voyage ne se termine jamais.

— Nous avons bien mérité de nous désaltérer, reconnut Rann Moorcroft.

Ils étaient rentrés au bungalow, après avoir enfermé les défenses dans la réserve. Un garde armé avait été affecté à sa surveillance. Ils étaient seuls dans la maison : Krish et Li n'étaient pas encore revenus du chantier.

— Ajoutez du miel si la boisson n'est pas assez douce, conseilla Rann.

Il puisa dans une grande jarre en pierre, et lui tendit un gobelet bien rempli. Reconnaissante pour ce breuvage frais, Storm, assoiffée, y trempa ses lèvres. Le liquide un peu âpre ne parvint pas à calmer le feu de ses veines : son compagnon, en la servant, lui avait lancé un regard détaché. Cette étrange préparation à la saveur douce-amère ressemblait à ses relations avec Rann, et la déconcertait.

— En voulez-vous encore ? proposa-t-il.

— Non, merci. Gardez-en pour Li et Krish.

— Ils ne seront pas là avant un long moment, décréta-t-il avec une calme assurance.

Il enleva son verre de sa main prise d'un soudain tremblement, le posa sur la table, et encercla sa compagne à la taille en l'attirant contre lui.

— Les sonnailles des éléphants nous avertiront à temps, murmura-t-il en l'embrassant pour faire taire ses protestations.

Ses lèvres se posèrent sur celles de Storm, sur ses paupières, sur sa gorge. En laissant échapper un murmure, elle s'abandonna et oublia le monde extérieur. Elle n'écoutait plus que la joie douce et sauvage débordant de son cœur, sans prendre garde à la voix intérieure qui la mettait en garde.

8

— J'ai craint une rencontre entre votre convoi et les hommes de Mong Chi, expliqua Krish en se servant un verre. Nous avons donc avancé l'heure de notre départ.

Avec tact, il feignit de ne pas remarquer la confusion de Storm. Elle avait rapidement repoussé Rann en voyant le conservateur et sa femme s'approcher du bungalow, et avait recoiffé de la main ses cheveux ébouriffés. En revanche, le visage de Li était éloquent, mais au grand soulagement de la jeune fille, elle se contenta de sourire.

— Nous n'avons pas aperçu les trafiquants, avoua Rann. J'imagine qu'ils pistaient l'éléphant blessé. Préoccupés d'assurer leur sécurité, ils n'ont pas suspecté un seul instant notre découverte.

— Nous-mêmes n'avons vu aucune trace de l'animal, répondit Krish.

— A votre avis, s'il tient encore debout, que va-t-il faire ? interrogea Rann.

— Il cherchera de l'eau, répliqua Krish sans une seconde d'hésitation, en spécialiste averti. Surtout si sa plaie l'a rendu fiévreux.

— Il s'approchera donc de *notre* rivière, souligna Li avec anxiété.

— En effet, mais il restera sur l'autre rive, séparé

du village par le cours d'eau, la rassura son mari. Il se cachera sans doute dans les kaings.

Il se tourna vers Storm, et précisa è son intention :

— Ces hautes herbes aquatiques poussent sur l'autre berge, et leur hauteur suffit à former un abri pour l'animal blessé. En outre, elles lui fourniront un fourrage inépuisable.

— Cependant, il risque de traverser le cours d'eau et de s'en prendre aux cultures des villageois, ajouta Li, soucieuse.

— Je ne crois pas, repartit son époux. S'il est affaibli, il tentera avant tout de se dissimuler. En outre, les berges sont assez raides pour le dissuader de franchir la rivière. Ainsi, les habitants devraient être protégés de son incursion. En revanche, le danger subsiste en se rendant au chantier, mais les hommes sont armés et aux aguets. De ce côté-ci, seuls Mong Chi et sa bande poseront un problème.

— En effet, après avoir découvert le vol de leur butin, ils devineront sans peine le nom des responsables de leurs malheurs, convint Rann.

— Ils projetteront une attaque, prédit Krish.

— Nous doublerons la garde pendant la nuit, décida Rann. L'un de nous la prendra à tour de rôle avec un autre homme, et le jour, un seul se rendra sur le chantier, jusqu'à l'arrivée de l'hélicoptère de la police. Celui-ci remportera les défenses de la réserve pour les entreposer en lieu sûr.

— Des détails à régler m'appellent en amont, demain, précisa Krish.

— En ce cas, je resterai ici pour cette première journée, annonça Rann.

Storm lui jetait un regard ulcéré : comment avait-il pu oublier les minutes précédentes au point de se lancer à corps perdu dans la discussion, comme si rien ne s'était passé entre eux ! Il était aussi impénétrable que la jungle au feuillage dense et obéissait aux mêmes lois cruelles.

— Je suis lasse de ces histoires d'ivoire, de trafiquants, et de glissements de terrain, déclara Li après avoir jeté un coup d'œil à la jeune fille. J'ai envie de me laver et de me changer, ajouta-t-elle.

— Venez avec moi : vous essayerez les vêtements de ma valise, proposa la jeune fille avec un entrain forcé. Vous aurez ainsi l'occasion de porter des habits européens puisque vous n'en avez pas apporté.

— En effet, j'aurais dû prévoir au moins un pantalon, reconnut Li : il conviendrait mieux sur le site qu'un sarong.

— Je vous en prêterai volontiers un.

— Je vous remercie : ce sera plus pratique pour escalader les débris de roche du chantier. Cependant, comme vous restez ici demain, vous vous exercerez sans peine au port de notre costume national. Alors, le jour du marché, vous pourrez vous en acheter un sans regret.

— Un marché ? reprit Storm en fronçant les sourcils.

Toutes deux s'étaient acheminées vers la chambre de Storm, tout en bavardant.

— Je comprends votre surprise : il n'y a pas de route praticable, expliqua Li. Les marchands transportent leurs marchandises en pirogue, et installent leurs échoppes le long des berges. Leur visite se produit une fois par an, après la mousson, et avant la saison sèche, à l'époque où la rivière est encore navigable.

Storm observa sa compagne avec curiosité : malgré ses diplômes et son immense savoir, Li était capable de s'enthousiasmer comme une simple villageoise. Ses yeux brillants disaient sa joie devant cette prochaine fête. Storm envia l'insouciance heureuse de Li, et s'enquit poliment :

— Quels produits vendent-ils ?

— Ils offrent tout ce que la jungle ne peut fournir : des cotonnades, des objets métalliques, des peignes, et bien d'autres choses encore, comme du poisson séché.

— Que perçoivent-ils en retour ? interrogea Storm, ignorante de ces coutumes.

— Les indigènes échangent leurs paniers tressés et leurs poteries. Vous profiterez bientôt de ce spectacle, car les commerçants ne tarderont pas à remonter la rivière, promit Li.

— A votre avis, accepteront-ils de me prendre à leur bord en regagnant la côte ? demanda Storm impulsivement.

Les lèvres pincées, elle attendait avec inquiétude la réponse de sa compagne : l'idée de quitter cet endroit lui paraissait soudain douloureuse.

— Pour rentabiliser leur voyage, les marchands doivent retourner avec des pirogues surchargées : n'oubliez pas qu'ils troquent leurs objets. Ils ne disposeront donc d'aucune place pour une passagère, expliqua Li d'une voix amicale.

Avec amertume, Storm songea que personne n'était décidé à l'aider. Lorsqu'elle se coucha, le soir, cette pensée l'empêcha de s'endormir. Son corps fiévreux ne trouvait aucune fraîcheur au contact des draps car la chaleur était étouffante.

Elle pressa ses mains contre ses oreilles pour tenter d'oublier les multiples bruits de la jungle, un sinistre festival de crissements, de grognements et de bruissements d'une nature indéterminée. Ces sons l'inquiétaient car elle n'en devinait pas l'origine. Ce concert assourdissant la rejetait de cet univers hostile. Au matin, Storm, épuisée, écouta distraitement la suggestion de Li.

— Allez donc à la rivière, conseilla-t-elle. Les

femmes s'affairent déjà à tresser des paniers en vue du marché.

Tout valait mieux que de rester en compagnie de Rann. La jeune fille ne l'avait pas aperçu au petit déjeuner. En s'éloignant, Li expliqua que les deux hommes se concertaient sur les travaux du chantier.

Séduite par la proposition de Li, Storm, vêtue de son sarong, décida de se rendre au village sans se restaurer. Elle descendit prudemment les marches de la véranda.

— Où allez-vous ?

Storm faillit tomber dans l'escalier en reconnaissant la voix de Rann, surgi tout à coup comme par magie.

— A la rivière, répondit-elle en rougissant.

Confuse, elle laissa tomber son éventail, et se pencha vivement pour le ramasser, heureuse de dissimuler ainsi son trouble.

— Cette couleur vous va bien, déclara Moorcroft.

Elle avait mis un sarong jaune pâle, contrastant délicatement avec ses yeux et ses boucles noires. Cependant, Rann fixait son regard sur son visage et ses cheveux.

— Je ne porte pas de bouton de siri, aujourd'hui, riposta Storm d'un ton agressif.

Il la contemplait toujours, et elle se coiffa de son chapeau avec humeur. Perchée sur la dernière marche, elle ne pouvait passer sans que son compagnon ne s'efface.

— Je vous en prie, laissez-moi le passage.

Pendant quelques secondes, elle resta interdite d'avoir utilisé un ton aussi mélodramatique.

— Certainement, répliqua Rann.

Prise de soupçons devant une capitulation aussi rapide, la jeune fille jeta un coup d'œil rapide. Pourtant, elle ne parvint pas à prévoir son geste : Rann encercla sa taille, et la souleva pour la déposer sur le sol, devant lui. D'un mouvement preste, il l'attira vers lui et déposa un baiser sur ses lèvres entrouvertes. Puis il éclata de rire, et lança en s'éloignant :

— Faites attention à ne pas tomber en marchant avec votre jupe, cette fois-ci !

Accoudé à la balustrade de la véranda, Rann se mit à la surveiller, observant chacun de ses pas. La jeune fille s'était mise en route vers le village, avec le plus de dignité possible. La distance à couvrir lui parut énorme, mais elle réfléchit en songeant que cette épreuve n'était pas pire que de marcher sur une scène sous l'œil critique d'un producteur. Cependant, il lui fallut faire appel à tout son talent de comédienne pour ne pas trahir son malaise dans sa démarche mal assurée, et résister à l'envie de courir se mettre à l'abri du regard perçant de Rann, rivé sur son dos avec une insistance gênante.

Storm crut avoir progressé pendant des heures durant avant d'atteindre la protection des maisons du village. Le souffle court, elle se plongea en tremblant dans le dédale de petites allées. En se retournant, elle fut soulagée de constater que le bungalow n'était plus en vue.

Soudain, son attention fut attirée par un petit enfant qui avançait en chancelant vers elle, et prononçait de vagues onomatopées. Storm lui sourit, et le garçonnet s'accrocha à sa main avec confiance, afin d'assurer un appui à ses jambes encore faibles. Par peur de la voir glisser, elle maintint son sarong tout en soulevant le bébé. Heureusement, sa mère sortit d'une des cases, et la débarrassa de son fardeau en riant. Après l'avoir installé sur sa hanche, elle renoua le tissu de ses doigts experts. En l'absence d'une langue commune, l'amitié se greffait sur quelques gestes, et bientôt les deux femmes se dirigèrent de concert vers la rivière. D'autres villageoises réunies là s'activaient en bavardant joyeusement.

Avec une vague nostalgie, Storm évoqua son pays se rappelant les agréables réunions avec ses amis. Leurs rires, leurs plaisanteries partagées. Jusqu'à présent, Storm n'avait pas mesuré le sacrifice exigé par sa profession : elle était déracinée, car son métier l'obligeait à voyager sans cesse. Toujours lancée dans une nouvelle aventure, elle n'avait jamais le temps de s'arrêter pour profiter d'un repos mérité, et trouver la quiétude...

En soupirant, elle repensa au chemin parcouru pendant ces dernières années. Une longue route s'étendait encore devant elle, déserte et solitaire. Hélas, une fois rentrée en Angleterre, la magie du théâtre n'opérerait plus ! Elle s'y était vouée corps et âme, et son jeu de scène s'était ressenti de cette étincelle appelant le succès. A l'avenir, elle ne pourrait plus se dédier entièrement à ce monde artificiel, car elle n'était plus maîtresse de ses émotions : son cœur appartenait à Rann !

Or, Rann s'en moquait éperdument !

Dans sa quête d'un réconfort, la jeune fille attira à elle le garçonnet, en enviant l'air paisible de sa mère. Comme s'il devinait la tristesse de ses pensées, il se mit à pleurer, et la villageoise chercha à le calmer par un sourire. Alors, le petit garçon abandonna les bras de Storm, et d'une démarche titubante, s'éloigna pour jouer. Des larmes picotèrent les yeux de Storm, puis ruisselèrent sur son visage. Ces pleurs illogiques et enfantins lui firent honte, mais elle n'arriva pas à les contrôler.

Avec une gentillesse désarmante, les indigènes lui firent place parmi elles, l'intégrant à leur cercle. Elles lui montrèrent comment tresser, et lui fournirent un panier commencé et des brins d'osier, tout en la pressant contre leur cœur en signe d'amitié et de compassion. Touchée par leur attitude, Storm ravala ses sanglots, et se força à s'absorber dans sa nouvelle tâche. Bientôt, à sa grande surprise, elle y prit un immense plaisir, et s'y consacra sans arrière-pensées.

Elle faillit éclater de rire en songeant qu'il leur manquait seulement la traditionnelle tasse de thé anglaise pour parfaire le tableau. A ce moment précis, l'une des femmes lui apporta un fruit à l'aspect étrange et une sorte de racine, et les lui offrit comme rafraîchissement. Storm eut peine à contenir son hilarité devant une telle coïncidence. Elle tendit la main, et sourit en signe de remerciement, mais ne prit que le fruit, malgré l'insistance de ses compagnes. Visiblement inquiètes, celles-ci la pressèrent d'accepter la racine. Elle hésitait à accepter, et allait obtempérer, lorsqu'un bébé éternua.

— A vos souhaits! lança-t-elle machinalement.

Elle avala son fruit, puis éternua à son tour, bientôt relayée par toute la communauté. Storm éclata de rire, mais s'arrêta vite en constatant que les villageoises observaient un silence pesant. Leurs visages sérieux et attentifs trahissaient leur tension. C'est alors que la jeune fille sentit une odeur de fumée.

Elle ne pouvait émaner d'un feu de cuisine : en venant, elle n'avait aperçu aucun foyer. Tout à coup, une fine brume recouvrit la rivière, et elle comprit qu'elle provenait de l'autre berge. Rassurée par cette constatation, Storm ramassa un morceau de roseau, et le tendit vers le petit garçon pour attirer son attention. A ce moment, sa mère l'attrapa par le bras, et ses compagnes se mirent à échanger de rapides propos. Soudain, l'une d'elle appela tous les enfants jouant dans l'eau, et ils accoururent instantanément. En quelques minutes, tous les paniers furent rassemblés, et le petit groupe se dirigea vers les maisons. Sa nouvelle amie tenta d'entraîner Storm chez elle avec des gestes suppliants.

Intriguée, Storm s'étonnait de ces marques de panique ; mais peut-être interprétait-elle mal ces signes d'agitation : Storm ne comprenait pas leur langue. Pourtant, elle finit par suivre son guide. Après tout, la visite de l'intérieur d'une de ces huttes au toit en chaume s'annonçait intéressante. Storm était presque arrivée sur le seuil de la case, lorsqu'elle se souvint de son panier en osier, à demi-achevé.

Une étincelle apportée par le vent suffirait à le détruire. Or, elle tenait déjà beaucoup à cet objet, et Li lui montrerait sûrement comment le terminer ce soir. Storm aurait au moins de quoi s'occuper après le dîner. Cela lui éviterait de laisser vagabonder son esprit sur l'étrange fascination qu'exerçait Rann sur elle. Tout à coup, récupérer son ouvrage lui parut indispensable. La fumée s'épaississait de plus en plus, et on entendait les flammes crépiter de façon sinistre de l'autre côté de la rivière, mais sa décision était prise.

Rassurée par la profondeur et la largeur du cours d'eau, Storm se lança à travers l'épaisse brume, un mouchoir sur la bouche et le nez. Après avoir récupéré son bien, elle s'immobilisa soudain, pétrifiée. L'éléphant l'aperçut au même instant. Il était impressionnant et ses longues défenses étaient brillantes. Comme dans un cauchemar, elle se rappela les prédictions de Krish : selon lui, l'animal blessé se réfugierait dans le *kaing,* et y resterait à l'abri. L'incendie l'avait chassé de son repaire. Or, selon Rann, la bête attaquerait à vue...

— Rann ! Rann ! s'écria-t-elle d'une voix terrorisée.

Au même moment, le pachyderme rendu fou par la souffrance poussa un barrissement terrible, couvrant son cri. En se retournant pour courir, la jeune fille sut qu'elle n'avait aucune chance d'échapper à un sort affreux. L'énorme solitaire s'ébroua et se mit à charger. Storm s'enfuit à toutes jambes, haletante, le cœur battant de façon désordonnée. Le sol tremblait sous le martèlement des pattes du monstre. A l'aveuglette, elle se dirigea vers les huttes, sa dernière chance de survie. Il fallait qu'elle esquive la charge de l'animal furieux en les atteignant coûte que coûte... Jusque-là, elle avait relevé les pans de son sarong, mais en apercevant enfin les maisons dans la fumée, elle le relâcha, oubliant toute prudence. Elle porta sa main à son côté douloureux, et la cotonnade tomba à ses pieds en l'emprisonnant. Déséquilibrée, elle tomba, le visage en avant.

La violence du choc lui coupa le souffle, et l'empêcha de se relever. Incapable de bouger, et trop effrayée pour penser, Storm demeura là, croyant sa dernière heure venue.

9

« Rann ! Rann ! »

Désespérée, Storm, la bouche contre cette terre inhospitalière, prononça mentalement le nom tant aimé.

Si seulement… Un regret amer la submergeait. Beaucoup plus tard, elle comprit qu'il n'était pas pour sa carrière à l'avenir prometteur, mais à son unique amour. Quelques minutes avant de sombrer dans l'inconscience, c'était à lui qu'elle avait pensé.

— Rann… Rann… gémit-elle faiblement.

Son esprit paralysé par la terreur n'enregistra pas le premier coup de feu. Le grondement assourdissant ébranlait toujours le sol, en se rapprochant…

Une seconde détonation retentit, mettant un terme à la lancinante vibration. Elle fut suivie du bruit provoqué par la chute et l'affaissement d'une énorme masse, puis d'un silence. Hébétée, Storm fut à nouveau assaillie par l'image de Rann, à la faveur de ce répit. Puis, peu à peu, elle distingua des pas.

— Storm ?

Rann était arrivé près d'elle, et se laissait tomber sur les genoux. Il souleva la jeune fille, et la serra contre lui en la berçant doucement. Elle ouvrit les yeux pour entrevoir le visage brouillé et indistinct de son sauveur. Les doigts caressants de Rann rejetèrent doucement en arrière les mèches de cheveux noirs.

— Storm ?

Le ton pressant de sa voix, finit par la tirer un peu de sa stupeur. Une nouvelle fois, elle battit des paupières : son compagnon lui apparut clairement, l'expression tendue, et le teint curieusement blême sous son hâle doré.

— Arriverez-vous à tenir debout ?

Storm n'en voyait pas la nécessité : son seul désir était réalisé, puisqu'elle était blottie dans les bras de Rann, bien protégée, et pouvait oublier le reste. Avec un léger soupir, elle leva les bras pour les nouer autour de son cou.

— Allons, faites un effort, insista Rann.

Storm tenta d'articuler une vague protestation, en vain. Il l'avait déjà reposée à terre en la soutenant. Cette fois, elle reprit complètement pied avec la réalité. La mère du garçonnet sortit de sa case en courant et se précipita vers eux, déversant un flot de paroles. Le visage durci, Rann lui répondit rapidement, et la femme repartit chez elle, satisfaite. Hélas, le charme était brisé par cette intrusion, et la fin de la trêve libéra chez Storm une violente réaction au choc subi. Elle se mit à trembler comme une feuille.

Au souvenir des dernières minutes d'effroi insoutenable, de longs frissons convulsifs la parcoururent. La tentative pour contenir ce frémissement s'avéra inutile, et bientôt des larmes ruisselèrent sur ses joues.

— J'ai eu tellement peur, balbutia-t-elle.

— Vous auriez dû aller vous réfugier avec les autres, dans les maisons. Cela aurait garanti votre sécurité. Pourtant, l'une d'elles vient de m'affirmer qu'elle vous avait entraînée à l'abri.

Avec sécheresse, il lui reprochait de s'être exposée inutilement au danger. Stupéfaite par ce reproche,

Storm le regarda sans comprendre. Comment aurait-elle pu mesurer le risque couru, alors qu'elle ne comprenait pas la langue des Asiatiques ? Elle se défendit d'une voix mal assurée :

— J'étais décidée à les suivre, mais je suis revenue chercher mon panier. Les villageoises m'en avaient donné un pour m'initier à la vannerie.

Elle s'interrompit en bredouillant, consternée par le menaçant éclat de ses prunelles vertes.

— Comment ? s'écria Rann. Vous avez risqué votre vie pour quelques brins d'osier ! L'éléphant vous aurait piétinée à mort pour ce dérisoire objet !

Son exclamation incrédule trahissait une immense colère. Storm, indignée par tant d'incompréhension cessa instantanément de pleurer, et elle lança, furieuse :

— Comment aurais-je deviné la menace ? J'avais compris que les femmes fuyaient la fumée, et je ne songeais pas au solitaire !

— Pourtant Krish, en votre présence, nous avait avertis que l'animal irait se réfugier dans les *kaings*.

— J'ignorais que ces hautes herbes étaient des *kaings*. Je ne suis pas une spécialiste de la flore et de la faune du Kheval ! En outre, Krish avait affirmé que le pachyderme ne traverserait pas la rivière.

— Il fallait agir comme les autochtones : rien ne serait arrivé, grommela Rann.

Ulcérée, Storm allait riposter, lorsque la voix de sa nouvelle amie résonna :

— *Thakin ?*

Elle tenait un long couteau à la lame fine à la main, et la jeune fille fit un pas en arrière, les yeux écarquillés. Son compagnon hocha simplement la tête en prononçant quelques mots, et l'Asiatique s'éloigna en souriant. Storm regarda autour d'elle, et aperçut pour la première fois le cadavre de la bête, entouré d'indigènes qui bavardaient avec animation.

— Quel gâchis ! murmura-t-elle, brusquement songeuse devant ce spectacle pitoyable.

Le mastodonte si impressionnant quelques instants auparavant était couché, à présent, dans une attitude pathétique. En contemplant son énorme masse, elle frissonna à nouveau.

— Le sacrifice de l'animal profitera au moins au village, expliqua Rann. Il va leur fournir d'importantes réserves de viande. Les femmes vont la couper et la mettre à sécher afin de la conserver.

— Oh ! hoqueta Storm avec dégoût. Pourquoi n'attendent-elles pas le retour des hommes pour leur laisser le soin de s'en occuper ?

— La chaleur ne le leur permettrait pas : tout s'abîme vite sous un tel climat... Je ne vous conseille pas d'assister à cette opération.

Les Asiatiques, armées de couteaux tranchants, commençaient à gesticuler autour de la dépouille.

— Elles vont s'y mettre tout de suite, poursuivit son compagnon, et y passeront le reste de la journée. Rentrons nous reposer au bungalow, au frais.

De toute façon, Storm n'avait pas le choix, et voulait fuir cette scène horrible, qui la rendait vaguement nauséeuse. Elle avait hâte de s'étendre sur l'une des chaises longues cannées de la véranda, de baisser ses paupières et de tout oublier. Faible tout à coup, elle s'accrocha au bras de Rann, et marcha à ses côtés en trébuchant. Arrivée au pied des marches, elle s'immobilisa : cette dernière étape lui parut infranchissable !

— Je n'y arriverai pas, chuchota-t-elle d'une voix sans timbre.

— *Thakin ! Thakin !*

Cette fois, les cris provenaient de la réserve.

— Tenez bon ! Je viens immédiatement ! répondit Rann.

Vif comme l'éclair, il lança en oubliant son appel à l'aide :

— Servez-vous un verre : vous trouverez du jus de fruit dans la cuisine.

Puis il courut en direction de la cabane à matériel. Sitôt délaissée, la jeune fille comprit obscurément que les gardes étaient attaqués par une poignée de trafiquants. Averti par les clameurs et le tumulte, Rann se précipitait à leur rescousse, sans plus se soucier de son invitée. Cet abandon l'irrita tellement qu'elle trouva la force de grimper seule les marches, en s'appuyant des deux mains à la rampe. Elle était sur le point de s'évanouir après cette épreuve, mais avec un immense effort de volonté, elle parvint néanmoins à atteindre son siège en titubant.

Storm s'y laissa mollement tomber, et sombra dans une douce inconscience. Cet état n'avait pas duré très longtemps. Une violente douleur la fit soudain grimacer, et la ramena à la réalité. Elle se redressa sur sa chaise longue avec un gémissement, et porta la main à son estomac.

— Je vous avais dit de vous servir à boire, remarqua Rann.

Il était revenu, et portait un plateau chargé d'un pot en grès et de deux verres.

— Buvez ceci, intima-t-il en lui tendant l'une des coupes.

— Je ne pourrais même pas y tremper mes lèvres, murmura Storm d'une voix faible.

— Eh bien, que se passe-t-il ? s'enquit-il d'un ton soucieux.

Il reposa la boisson, et se pencha vers elle.

— Vous êtes-vous blessée en tombant ? reprit-il.

— Non, répliqua brièvement Storm.

La souffrance l'empêchait de s'expliquer davantage.

— De quel côté avez-vous mal ? s'inquiéta Rann.

La souffrance s'aiguisait de minute en minute, mais sa compagne parvint à articuler :

— Rassurez-vous : il ne s'agit sûrement pas d'une côte cassée.

— En ce cas, déclara Rann Moorcroft, vous avez certainement mangé un produit toxique.

Son ton confiant lui donna envie de le contre-carrer :

— C'est impossible ! Je n'ai rien avalé d'autre qu'une bouchée de fruit, depuis le dîner d'hier soir.

— A quoi ressemblait-il ? interrogea Rann. Vous avait-il été offert par Gurdip ?

Agacée par cet interrogatoire serré, Storm resta silencieuse.

— Allons, répondez-moi, insista Rann.

Un subit élancement fit pousser à Storm un cri de douleur, puis elle avoua :

— Non, votre serviteur ne m'a rien donné. Ce sont les villageoises qui me l'ont procuré.

— Vous ont-elles proposé autre chose en même temps ?

— Puisque vous êtes si curieux, sachez qu'elles me tendaient également une sorte de racine à l'aspect peu engageant.

— Vous n'y avez pas goûté, n'est-ce pas ?

— Oh, non ! Cela me répugnait profondément, je vous l'ai dit, s'exclama Storm.

Cet insistance irritait la jeune fille : était-elle obligée de rendre compte de ses moindres faits et gestes à ce pénible individu ?

— Voilà l'origine de tous vos maux ! conclut Rann d'un ton tranchant.

— Co... comment ? bredouilla-t-elle, abasourdie.

Son air assuré l'intriguait, mais elle lui en voulait de sa déconcertante facilité à découvrir l'origine de ses malheurs.

— Ce fruit est délicieux, tous les autochtones en

sont friands. Mais il contient un puissant irritant ; le morceau de racine représente l'antidote de ce poison. Il ne faut jamais manger l'un sans l'autre.

Storm leva les yeux vers ceux de Rann, et fut furieuse d'y discerner une lueur amusée.

— Ce n'est pas drôle, gémit-elle amèrement.

— Je vais chercher un produit pour vous soigner, promit-il d'un ton apaisant.

Il disparut dans la cuisine, et revint presque aussitôt, un petit flacon à la main.

— Je mélange cette poudre dans votre jus de fruit, vous en sentirez moins l'amertume, annonça-t-il en s'exécutant.

Rann agita vivement le liquide, tandis que Storm le regardait d'un œil soupçonneux : le médicament préconisé ressemblait étrangement à de la racine broyée.

— Il s'agit de la même plante, confirma-t-il en réponse à sa muette question. Mais elle est finement pilée. A présent, buvez !

Il la força à avaler toute la préparation, et elle dut s'incliner malgré la saveur horrible de la mixture.

— Ne laissez pas une seule gorgée, ordonna-t-il avec sévérité.

— Quelle horreur ! s'exclama Storm avec une grimace de répulsion.

— Son goût vous rappellera à l'avenir d'imiter en tout les indigènes. Ce réflexe représente votre seule protection dans un milieu dont vous ignorez les usages.

La jeune fille éprouvait un immense ressentiment à l'égard de Rann : il se moquait d'elle en toute circonstance, et la rendait toujours responsable de ses mésaventures.

— Allongez-vous et reposez-vous, conseilla-t-il, après l'avoir vue terminer sa dernière gorgée. Dans une demi-heure environ, l'antidote aura agi, et vous serez guérie. Si vous avez besoin de moi, je serai dans mon bureau.

Storm mourrait d'envie qu'il reste à ses côtés, mais sa fierté l'empêcha de le lui avouer. Elle essuya ses lèvres d'un revers de main, s'étendit sur sa chaise longue, et ferma les yeux en feignant l'indifférence. Storm entendit les pas de Rann décroître dans le bungalow. Une porte s'ouvrit, et les crépitements de l'appareil de radio parvinrent jusqu'à la véranda.

« Ici, Rann... » entendit-elle.

Puis la voix devint étouffée et indistincte : Rann avait sûrement fermé la porte de la pièce.

Storm ne se préoccupait pas de comprendre le message envoyé à Krish... Une larme roula lentement sur sa joue, et elle ravala un sanglot en s'efforçant de ne plus penser à Rann. Que s'était-il passé dans la réserve ? La douleur l'avait paralysée, lui faisant oublier ses questions. Peu à peu, elle cessa de s'interroger sur cet épisode, car sa souffrance s'atténuait et lui permettait enfin de se détendre. Storm finit par sombrer dans un sommeil réparateur.

10

— Dire que je vous ai conseillé d'aller vous divertir à la rivière en vous quittant ce matin ! s'exclama Li en riant.

Elle se percha sur le bord de la table, et observa le réveil de Storm d'un air amusé. Cette dernière frottait ses paupières, bâillait, et tentait sans grand succès de reprendre contact avec la réalité.

— J'avoue que vos aventures de la journée ne correspondent guère à mon idée du divertissement, reprit Li.

— Ni à la mienne, rétorqua Storm d'un ton lugubre. Tiens, vous voici, et je n'ai pas entendu les sonnailles des éléphants ! Je crois que j'ai dormi pendant longtemps.

— Cela n'a rien d'étonnant après toutes ces émotions : vous avez failli être piétinée par un pachyderme enragé, puis empoisonnée par un fruit vénéneux ; pour couronner le tout, les trafiquants ont attaqué la réserve !

Li quitta son ton taquin pour reprendre :

— Réjouissez-vous de vous être reposée : ce soir, les bruits de la fête vous empêcheront de trouver le sommeil.

— De quelle cérémonie parlez-vous ?

— Les villageois célébreront toute la nuit leur

abondante provision de viande, véritable manne tombée du ciel. Traditionnellement, les chasses fructueuses donnent lieu à de grandes réjouissances. Or, les hommes sont trop absorbés par le chantier pour se livrer à leur occupation favorite. Mais ils attendent la fin des travaux avec impatience pour s'y adonner de nouveau.

Machinalement, Storm pensa à son métier et s'effraya à la pensée de son propre avenir : elle n'avait plus envie de mener une vie normale et de remonter en scène ! Même le succès ne la dédommageait pas du vide des années futures, si elle était condamnée à vivre loin de Rann. Elle poussa un soupir, et se redressa dans sa chaise longue.

— J'ai faim, découvrit-elle d'un ton surpris.

— Le contraire me surprendrait, puisque vous n'avez rien mangé depuis hier soir, lui reprocha Li.

— Comment le savez-vous ?

— Rann nous a longuement décrit la situation lors de son message radio destiné à nous faire part du raid des trafiquants.

La jeune fille ressentit un brusque pincement de jalousie : Rann n'avait pas jugé utile de l'informer, alors qu'il avait immédiatement prévenu ses amis.

Quand elle s'assit à table avec les autres, sa rancune ne l'avait pas quittée : elle couvait en elle comme un feu sous la cendre. Elle écouta Rann discuter des derniers événements avec ses deux amis.

— Les braconniers ont enflammé les hautes herbes à dessein, affirmait ce dernier. Ils voulaient chasser l'éléphant vers le village.

Malgré sa résolution de ne pas intervenir avant que Rann ne s'adresse directement à elle, Storm ne put réprimer une exclamation d'horreur :

— Quelle terrible idée !

Elle blêmit au souvenir des hordes d'enfants

jouant au bord de la rivière, tandis que leurs mères tressaient leurs paniers.

— Mais ces bandits devaient bien se douter qu'ils menaçaient ainsi toute la population, n'est-ce pas ? demanda-t-elle en se tournant vers Krish.

— Ils comptaient récupérer leur ivoire, à n'importe quel prix, expliqua le conservateur. Ils espéraient mettre à profit la confusion créée par la charge de l'animal pour s'en emparer. Ils auraient réussi, sans l'intervention de Rann.

— Ils ont tourné les talons dès qu'ils m'ont vu apparaître, acquiesça ce dernier.

Storm était éberluée devant tant de suffisance : à en juger d'après le tumulte, les deux gardes de la réserve s'étaient parfaitement défendus !

— Et s'ils reviennent ? lança Li, inquiète.

— J'en doute, déclara Rann. Leur première tentative s'est soldée par un échec retentissant, et ils n'oseront certainement pas s'en vanter auprès de Mong Chi. En outre, tous les hommes du village resteront sur place pendant les deux prochains jours, et le rapport de force leur serait trop défavorable.

— Les villageois ne se rendront-ils pas sur le chantier ? s'enquit Storm.

— Nous leur avons octroyé deux journées de congé.

— Vous prétendiez que la moindre perte de temps n'était pas envisageable, s'indigna la jeune fille.

— Même les éléphants ont besoin de repos, riposta Rann en la défiant du regard.

— Pourtant, un tel délai...

— Il faut s'y résigner : demain les cornacs ne seront pas en état de travailler, interrompit Krish avec philosophie. Les festivités dureront toute la nuit, et le lendemain sera consacré au sommeil. Le surlendemain, le marché flottant s'installera sur les rives, et personne ne veut manquer un tel événement. Nous nous sommes pliés aux événements en accordant ces vacances officiellement.

— Comment connaissez-vous la date d'arrivée des marchands ? questionna Storm.

— Par le télégraphe de brousse, confia Krish dans un sourire. Les rumeurs se propagent dans la jungle aussi vite qu'en ville... A propos, les chefs du village nous ont invités à la fête de ce soir. Vous aurez l'occasion de vous venger sur l'éléphant de la frayeur qu'il vous a causée, ajouta-t-il en taquinant Storm.

— Se... Serai-je obligée d'en manger ?

— Bien sûr que non, la rassura Li. Mais la cérémonie offre de nombreux attraits ; il y aura du mime, de la danse et de la musique. Vous émerveillerez vos amis en l'évoquant à votre retour.

Cette perspective fit jaillir des larmes dans les yeux de Storm, et elle les dissimula en se mettant à tousser, imitant la crise simulée de Mac.

— Quels vêtements devrons-nous porter ? s'enquit-elle, après avoir retrouvé une voix normale.

L'incongruité de sa question faillit la faire rire aux éclats, mais mieux valait s'en référer à l'expérience de la jeune Asiatique pour ne pas choquer ses hôtes.

— Pourquoi ne mettriez-vous pas la ravissante jupe de taffetas safran que vous m'avez montrée ? suggéra Li.

— Excellente idée, approuva Storm, soucieuse de prolonger ce sujet de conversation anodin. Et vous, comment vous habillerez-vous ?

— Je me suis décidée pour mon sarong rose. Venez l'admirer : nous avons bien le temps puisque Rann et Krish dégustent leur café.

— Nous vous accordons une demi-heure, lança Krish.

Les deux jeunes femmes avaient déjà quitté la table, et Storm se retourna en entendant cette injonction. A sa grande surprise, elle découvrit que

Rann se dirigeait impatiemment vers l'escalier, comme s'il avait quelque chose d'important à accomplir.

Peut-être comptait-il s'éclipser pour éviter un tête-à-tête avec son invitée, malgré son désir de participer aux réjouissances. En effet, Li et Krish ne se sépareraient sans doute pas durant la cérémonie, et Rann ne souhaitait sans doute pas escorter son invitée.

Attristée par cette supposition, Storm se contraignit à concentrer son attention sur la splendide toilette en soie de Li.

— Il ne vous manque plus qu'une fleur pour vos cheveux, remarqua-t-elle.

— Krish m'en apportera une, avoua Li. La coutume le veut ainsi... Il est temps de nous préparer : j'entends déjà raisonner les tambours.

La surexcitation de Li était contagieuse, et Storm se rendit dans sa chambre d'un pas vif. Elle passa sa jupe safran, et l'assortit d'une blouse noire sans manches qui mettait en valeur la pâleur de son teint laiteux, puis chaussa des escarpins en cuir noir. Elle peigna ensuite ses boucles brillantes, et fut satisfaite du résultat, entrevu dans son miroir.

— Entrez, je suis prête, répondit-elle d'une voix enjouée à un coup frappé à sa porte.

Rann apparut sur le seuil, alors que Storm s'attendait à la visite de Li. Désarçonnée, elle sentit son assurance s'évanouir. Entièrement vêtu de blanc, Rann la contemplait intensément. Le cœur battant, la jeune fille s'appuya contre la coiffeuse afin de ne pas tituber sur ses jambes tremblantes.

— Voilà qui se mariera parfaitement avec votre jupe, déclara-t-il avec douceur.

Il tendit sa paume ouverte vers elle. Pendant un bref instant, Storm demeura immobile, sans comprendre. Puis elle découvrit une fleur.

— Une orchidée ? murmura-t-elle.

Ses pétales orangés brillaient comme du feu sur les doigts hâlés de Rann.

— C'est la coutume, expliqua-t-il d'un ton grave.

Il scrutait le visage de sa compagne, comme s'il cherchait à y discerner une réponse particulière.

— Elle est très jolie, balbutia Storm.

Que pouvait-elle dire d'autre ? Li ne l'avait pas initiée à la signification symbolique d'un tel présent. Désemparée, elle regarda son hôte et ajouta :

— Je vous remercie de cette aimable attention.

Rann ne bougeait toujours pas, et un silence pesant s'établit.

— Je vais la fixer moi-même, décréta Rann après un moment.

Il plongea la main dans sa poche pour y prendre une épingle, et fit un pas vers Storm. Tandis qu'il attachait délicatement la fleur sur son corsage, Storm parlait pour s'étourdir :

— Je n'ai jamais vu une aussi belle orchidée... pas même à Londres. Là-bas, elle aurait été enveloppée de cellophane, et vendue à un prix exorbitant, mais ici...

Elle se détourna, et feignit d'admirer la corolle dans le miroir.

— La jungle produit naturellement ces merveilles sophistiquées, répondit Rann.

Storm leva les yeux, et tressaillit en croisant ceux de son hôte dans la glace : essayait-il de lui transmettre un message sous la banalité apparente de ses propos ?

— On y trouve également des papillons splendides, ajouta-t-il.

Il posa la main sur ses épaules, et la fit pivoter vers lui. Il inclina la tête vers elle. Désemparée, elle s'interrogeait sur le sens de ses remarques. Son compagnon tentait-il de défendre sa jungle bien-aimée ? Cherchait-il à souligner que le bien et le mal, la cruauté et la beauté s'y côtoyaient autant que l'amour et la haine ?

Storm se demanda amèrement pourquoi il lui vantait ce monde redouté, puisqu'elle n'en ferait jamais partie. Elle s'en irait bientôt, et Rann l'oublierait... Son attachement à cet univers hostile ne dépendait pas de la présence de Storm.

Ces réflexions lui donnèrent la force de repousser Rann. Il avait déjà posé ses lèvres sur les siennes : sans doute considérait-il ce baiser comme la juste récompense de son cadeau. Désespérée, la jeune fille s'écria :

— Non !

Elle s'écarta à la hâte, et ajouta :

— Mon orchidée va être flétrie.

Mieux valait saisir la première excuse venue pour éviter de se retrouver dans ses bras, car elle n'osait pas affronter cette épreuve. Ses caresses éveillaient en elle une intolérable mélancolie, tout en annihilant sa volonté par leur puissance dévastatrice. Storm se sentait le cœur brisé par une force contre laquelle elle ne pouvait pas lutter.

Tout à coup, la voix enjouée de Li retentit :

— Si vous n'êtes pas encore prêts, nous arriverons après la fête !

Libérée par cette intervention opportune, Storm en profita pour accroître la distance entre elle et Rann. Au lieu de se diriger vers la porte, ce dernier demeura figé sur place et fixa pendant un moment interminable les yeux écarquillés et effrayés de sa compagne.

— Rann..., commença-t-elle.

Malgré elle, Storm leva la main comme pour prolonger ce muet tête-à-tête.

— Nous vous attendons ! s'exclama Li avec impatience.

Ses pas légers retentirent dans le couloir.

— Nous voici ! répondit Rann.

Après lui avoir jeté un dernier regard insondable, il ouvrit la porte, et s'effaça pour la laisser passer. Elle arbora un sourire forcé à l'intention de Li, et précéda Rann dans le corridor, d'une démarche raide comme celle d'une marionnette. Les festivités étaient commencées, et Storm était obligée d'aller avec les autres. Pourtant, son cœur endeuillé n'avait aucune envie de participer à ces réjouissances.

11

— Votre orchidée est parfaitement assortie à votre jupe, remarqua Li en souriant.

Storm était curieuse de connaître la signification de ce présent, mais ne voulait pas poser de questions en présence de Rann. Elle se promit d'interroger la jeune Asiatique plus tard.

Cette dernière portait également une fleur rose vif épinglée sur son corsage, qui rehaussait le noir de ses cheveux.

En arrivant au village, Storm étudia avec intérêt la scène qui s'offrait à ses yeux. Les anciens, assis sur des nattes, s'étaient rassemblés sur l'un des côtés de la grande place entourée de cases. Au milieu de leur groupe se trouvait un large espace inoccupé.

— On nous a réservé des sièges pour le spectacle, plaisanta Krish.

Il prit la tête de leur cortège avec Rann, tandis que Li et Storm marchaient derrière eux. Les jeunes gens obéissaient sans doute à la coutume, car habituellement, ils s'avançaient main dans la main.

Li se tenait un mètre derrière son époux, et Storm s'installa à la même distance de Rann. Cette situation de dépendance soumise ne lui convenait guère, et elle fut tentée de s'en éloigner davantage. À ce moment, Rann prit la parole pour adresser un bref discours aux indigènes. Le chef du village y répondit par quelques formules de bienvenue. Storm redouta d'être obligée d'intervenir à son tour : elle ne parlait pas un mot de leur langue !

Soudain, elle se remémora le conseil de Rann : il l'avait invitée à suivre en tout point le comportement des autochtones. Un coup d'œil à sa voisine lui indiqua qu'elle avait tort de s'inquiéter : la jeune femme restait immobile, comme si les interventions étaient une prérogative masculine. Storm fit un effort pour masquer son agacement, et imita le sourire de Li. Peu après, Krish et Rann s'assirent sur la natte, sans attendre leurs compagnes.

Furieuse, Storm se demanda si elle serait forcée de s'installer en retrait, une fois de plus, mais Li mit un terme à son indécision en se glissant aux côtés de son époux. Elle enleva ses sandales, ramena le pan de son sarong sur ses genoux, et s'appuya d'un air confiant contre Krish.

— Déchaussez-vous, recommanda-t-elle à Storm. Ce sera plus confortable. Dès que les formalités d'usage ont été observées, chacun retrouve son comportement normal.

Storm rougit devant tant de pénétration : Li avait tout deviné de son impatience. Afin de cacher sa confusion, elle s'assit vivement entre son amie et Rann.

— Les roulements de tambour cesseront dans une minute, déclara ce dernier.

A demi-assourdie par leurs battements lents et réguliers, la jeune fille se détourna de son voisin, et se mit à étudier la foule. Elle y reconnut la mère du garçonnet de l'autre côté de la place. Elle aussi arborait une orchidée sur son épaule, comme la plupart des villageoises. Grâce à cet insigne commun, Storm avait l'impression de se fondre dans la communauté. Seul Rann la considérait encore comme une intruse.

Le vacarme cessa brusquement, et un religieux silence plana sur l'assemblée.

— Le véritable spectacle va commencer, expliqua Li.

Un murmure d'attente excitée parcourut la foule, et Storm se pencha avec impatience vers le centre de la place. Une douzaine de musiciens entraient en scène.

— Ils fabriquent eux-même leurs instruments à base de bambou et de roseau, chuchota Li.

Un des hommes porta une flûte à ses lèvres, et une note douce et aiguë à la beauté singulière s'éleva. Storm fut étrangement émue par sa tristesse. Peu à peu, un véritable concert s'organisa, rythmé par des percussions beaucoup plus subtiles qu'au début de la fête. Captivée par cette musique, la jeune fille écoutait avec attention le magnifique ensemble sonore, et se sentit emportée par son allégresse.

Incliné vers elle, Rann lui expliquait au fur et à mesure les différents moments du morceau.

— Cette composition décrit les divers stades de la chasse. La première note prolongée était un cri de faim. Elle est suivie d'une partie syncopée et sautillante symbolisant la quête de la nourriture. La musique évoque ensuite le moment où les hommes aperçoivent leur proie, puis la longue et patiente poursuite de la bête. Le dernier mouvement retrace sa capture.

Sur ces derniers mots, sa voix vibra de façon inattendue, et elle fit volte-face pour le contempler. Elle regretta immédiatement cette impulsion : hypnotisée par le magnétisme de ses yeux verts, elle ne parvint plus à détacher son regard de son compagnon. La mélodie semblait avoir éveillé en lui l'instinct primitif du chasseur, toujours présent au plus profond de l'homme, malgré le vernis de la civilisation. Troublée par cette polyphonie ensorcelante, Storm retenait son souffle.

— Les danseurs commencent leur mime, à présent, nota Li.

Avec un douloureux effort, Storm détourna les yeux, haletante comme un animal sauvage fuyant son poursuivant. Elle se mit à trembler violemment, d'une peur irrépressible : son destin était inéluctable.

— Ne vous laissez pas impressionner par la vue des lances, conseilla Li. On ne les utilise que pour le spectacle.

Le rire cristallin de sa compagne la ramena à la réalité. Des danseurs gesticulaient de façon menaçante, avec leurs longues armes. La lueur d'un feu central mettait des teintes rougeoyantes sur leurs visages noirs. Storm eut peine à reconnaître les cornacs déguisés en farouches guerriers. Ces hommes aimables et souriants s'étaient transformés avec art, afin de perpétuer une tradition aussi vieille que la jungle. La jeune fille fut émerveillée du don inné de ces amateurs, et de l'habileté de leur représentation.

— Après la chasse, vient la fête, annonça Li, fidèle à son rôle de commentateur improvisé.

Atterrée, Storm déclara :

— Je ne me risquerai pas à goûter cette cuisine.

— Il faudra absolument manger quelque chose pour ne pas offenser les anciens, conseilla Rann avec décision. Vous ne serez pas obligée de consommer de la viande.

Cette concession visait à couper net à toute protestation énergique de Storm.

— Lorsqu'on apportera les plats, je vous choisirai moi-même quelques mets : vous ne courrez ainsi aucun risque.

Storm ne put penser sans amertume à l'ironie de la situation : celui qui voulait la préserver d'un simple empoisonnement lui avait déjà causé un tort beaucoup plus important. Il avait détruit son désir de poursuivre sa carrière, avait anéanti sa confiance en son propre talent, et l'empêchait de maîtriser les élans de son cœur. Elle lui en voulait terriblement.

— Je choisirai moi-même ! protesta-t-elle.

Quand les jeunes filles apportèrent des plateaux chargés de denrées et de boissons inconnues, disposées sur des feuilles de bananier, Storm hésita. On les lui avait présentés en premier, puisqu'elle était l'invitée d'honneur. Elle ne pouvait donc imiter Krish et Li et se servir comme eux.

Il lui fallut alors s'en remettre à Rann. Elle accepta de mauvaise grâce une tranche de melon, et un petit cornet d'une préparation étrange.

— C'est du riz à la sauce aigre-douce, expliqua-t-il.

Elle en prit une bouchée : sa saveur à la fois épicée et sucrée lui parut agréable. Rann avait sélectionné des mets identiques pour lui. Tout en les dégustant, il lança un coup d'œil à sa voisine, et lui sourit. Storm se détendit, et eut l'impression de partager une certaine complicité avec Rann, au cours d'une brève trêve.

Son humeur menaçait de devenir mélancolique, lorsque la musique recommença de plus belle. Les convives joyeusement bavards redevinrent silencieux. Une jeune Asiatique se glissa dans le cercle des participants au banquet, et se mit à danser.

Au début, elle resta presque immobile, les pieds ramenés sous son sarong, assise au centre de la piste. Puis, accompagnée par une mélodie plus vive, elle se mit à tanguer doucement, en totale harmonie avec les forces naturelles qu'elle invoquait. Un bouton de siri dans les cheveux, elle prenait à témoin le ciel et la terre, la forêt et la rivière, de sa quête d'un soupirant. Storm ne ressentit pas le besoin de demander des explications devant ces gestes éloquents.

Après avoir regretté de ne pas disposer de son appareil photo, la jeune fille se réjouit de ne pas l'avoir emporté : ce merveilleux poème dansé valait la peine d'être admiré sans arrière-pensée, puisque ses images s'imprimaient dans sa mémoire de manière bien plus plaisante que ne le feraient des photographies.

Hypnotisée par la grâce et la souplesse de la danseuse, Storm comprenait la quête désespérée de la jeune villageoise. La gorge serrée, elle songeait qu'elle avait trouvé Rann sans le chercher et l'avait perdu en même temps. Une douloureuse sympathie la liait au mime, elle s'y était totalement identifiée.

Soudain, une ombre se détacha du cercle des assistants, et l'espoir raviva les forces de l'indigène. L'homme progressa lentement en décrivant des cercles autour de sa promise, puis s'assit à côté d'elle. Bientôt, tous deux mimèrent le cérémonial de la séduction, sur le modèle universel de la poursuite et de la fuite. Aux avances succédèrent des refus pleins de coquetterie, et chacun des deux acteurs faisait preuve d'une maîtrise consommée de son art.

Sans s'en rendre compte, Storm se balançait en rythme sur la musique, et ne cessa qu'avec elle. Sur la dernière note de flûte, la jeune fille tendit gracieusement la main à son partenaire, et s'immobilisa.

Storm se tourna impulsivement vers son voisin, mais n'arriva pas à distinguer son expression à la lueur mourante des feux.

— Rann ? interrogea-t-elle, une douce prière dans la voix.

Elle tendit la main vers lui, sûre qu'il allait comprendre ce message et y répondre.

— Il est temps de partir, décida Rann.

Il se redressa aussitôt et se pencha vers elle pour

l'aider à se relever. Mais son geste n'avait pas la douceur de celui des jeunes Asiatiques.

— Je veux rester, protesta Storm. Ce spectacle n'est pas encore fini.

— Nous ne devons pas abuser de l'hospitalité de nos hôtes, insista-t-il.

Après avoir adressé une phrase courtoise au chef du village, il éloigna Storm de la clairière. Ils laissèrent derrière eux la musique, et se frayèrent un chemin dans l'obscurité pour regagner le bungalow. Rann entraînait la jeune fille réticente en l'obligeant à marcher à sa hauteur, d'une pression sur son coude.

— J'arrive à avancer seule, se défendit-elle.

Storm se dégagea avec colère de son emprise ; elle aurait tant voulu assister à la suite du spectacle ! Alors que la danse l'avait troublée, elle ne supportait pas de voir Rann apparemment aussi peu ému.

— Que pensez-vous de notre ballet local ? demanda Li.

Storm prit conscience que Krish et sa femme les accompagnaient. Eux aussi avaient quitté la cérémonie. Ce départ étonna Storm car les deux époux appartenaient à ce peuple, et avaient donc le droit de demeurer dans le cercle des villageois. Mais puisqu'ils s'aimaient, sans doute étaient-ils peu touchés par la représentation. Storm trébucha à cause de l'obscurité, et des larmes qui l'aveuglaient.

— Il y a un caillou dans ma chaussure, prétendit-elle.

En fait, elle saisissait le premier prétexte pour pouvoir se pencher et cacher son visage.

— Nous allons de l'avant, je veux mettre mon orchidée dans l'eau, déclara Li.

Main dans la main, elle et Krish montèrent les marches de la véranda.

— Tenez-vous à moi, tandis que vous secouez votre soulier, conseilla Rann.

Au lieu d'emboîter le pas à ses deux amis, le jeune homme s'était arrêté pour la soutenir. Cette dernière faillit perdre l'équilibre en sentant la main ferme de son compagnon l'agripper.

— Un grand nombre de femmes portaient des orchidées, ce soir, constata Storm.

Elle avait parlé très vite, afin de se défendre du magnétisme de son hôte.

— Il s'agit d'une mise en garde, claironna la voix rieuse de Li, penchée sur la balustrade de la véranda.

Elle s'était arrêtée là une minute afin de prendre un vase.

— Une mise en garde ? répéta Storm, les sourcils froncés.

— Lorsqu'un homme offre une telle fleur à une femme, il indique aux autres qu'elle lui appartient, et décourage ainsi ses autres prétendants. Cela évite bien des malentendus, si un jeune amoureux devient trop entreprenant dans l'ivresse de la fête.

Li s'esquiva en éclatant de rire. Storm était furieuse d'avoir été victime de cette coutume, bien pratique pour certains, mais singulièrement trompeuse. Rann n'avait pas hésité à la proclamer sa femme aux yeux de tous, et son effronterie mit le comble à sa colère. Les doigts tremblants, elle commença à détacher les fragiles pétales orangés.

— Désirez-vous la mettre dans l'eau ? s'enquit Rann.

Sans répondre, elle s'acharnait rageusement à dégrafer son épingle.

— Laissez-moi le faire pour vous, ajouta-t-il

— Ne me touchez pas ! s'exclama Storm en reculant vivement. Allez offrir ce présent à une autre ! Je ne veux pas le garder. Si j'avais connu sa signification, je ne l'aurais pas porté du tout. Je vous le rends bien volontiers !

D'un geste violent, elle arracha la fleur de son

épaule, et l'épingle déchira un morceau de son corsage. Mais elle s'en moquait, car le seul contact de cette orchidée lui semblait humiliant.

— Gardez-la ! s'écria-t-elle avec rage. Je ne suis pas votre femme et ne veux pas être considérée comme telle !

Avec un sanglot étranglé, Storm jeta la délicate plante dans la direction de Rann, monta en trébuchant les marches de la véranda, et s'enfuit se réfugier dans sa chambre.

12

— Quelle animation ! s'exclama Storm, émerveillée.

Debout à côté de Li, elle observait, fascinée,
l'installation du marché flottant. Du haut de la
véranda, elles étaient aux premières loges pour
profiter de ce spectacle aux couleurs chatoyantes.

— Les pirogues voyagent ensemble afin de s'assurer une protection mutuelle, expliqua sa compagne.
Si l'une d'elles se renverse, ou si elles affrontent un
orage, les embarcations se portent aisément secours.

Storm garda les yeux fixés sur la rive, à l'activité de
fourmilière. Juste derrière elle, Rann était assis à
côté de Krish à la table du petit déjeuner. Il se versait
nonchalamment une seconde tasse de café, au lieu de
s'affairer, comme à l'accoutumée. Aujourd'hui, il ne
passerait pas son temps à donner des instructions aux
ouvriers ou à envoyer des messages radio.

Cela avait beaucoup étonné Storm. Elle s'était
levée tard afin de ne pas le rencontrer, et avait été
surprise de le trouver encore là.

Ferait-il allusion aux événements de la veille ?
Storm s'était longuement tournée et retournée dans
son lit avant de s'endormir. La nuit résonnait des
bruits de la fête au village qui l'empêchaient de se
détendre. Epuisée, elle avait fini par sombrer dans

un sommeil tourmenté. A l'aube, elle s'était réveillée fatiguée, les paupières lourdes. Rann, en revanche, semblait parfaitement dispos, et elle lui en voulut de sa quiétude.

La jeune fille avait hésité à regagner sa chambre, pour fuir la présence de Rann, mais Li l'avait saluée d'un joyeux « bonjour », et elle avait été obligée de se joindre à leur groupe.

— Je ne peux pas rester ici alors qu'une telle agitation règne sur la rivière, déclara soudain Li. Je ne résisterai pas à l'envie d'aller voir.

Elle se tourna vers son amie, et lui proposa :

— Venez avec moi. Vous n'offusquerez personne en sortant de table vous aussi.

— Nous vous pardonnerons, acquiesça Rann avec un sourire indulgent à l'adresse de Li.

Il n'eut pas un regard pour Storm, vexée devant son indifférence. Elle se leva vivement, et s'approcha de Li en remarquant :

— Regardez cette pirogue surchargée de pièces de tissu : je m'étonne qu'elle ne sombre pas.

— Le spectacle est vraiment enchanteur, renchérit Li. Allons tous l'admirer de plus près.

Li n'avait pas deviné que Storm ne s'était jointe à elle que pour éviter Rann.

— Tu possèdes déjà beaucoup de vêtements, objecta Krish. Tu n'en as pas besoin de nouveaux.

Son ton amusé indiquait clairement qu'il renonçait à se battre pour une cause perdue.

— Je ne souhaite acheter qu'un sarong, pour les grandes occasions, protesta son épouse.

Elle précisa à l'intention de Storm :

— L'un des commerçants vend une splendide étoffe, brodée à la main.

— Peut-être ne viendra-t-il pas cette année, suggéra son mari.

— Je l'aperçois en train de remonter la rivière, triompha Li. Voyez !

Elle indiqua du doigt une grande embarcation qui s'avançait à contre-courant. Storm se rendit compte avec étonnement qu'un homme menait le bateau à la perche, et interrogea :

— Déplacent-ils toujours leurs pirogues à la force de leurs bras ?

— Ils respectent en cela la tradition, répliqua Krish. Les marins actionnent leur perche debout, et se musclent ainsi tout le corps. Pourquoi n'essayeriez-vous pas ? questionna-t-il, taquin. Nous pourrions organiser un concours afin de voir qui tombe en premier dans la rivière.

— Ne comptez pas sur moi, déclara Storm. Je ne tiens pas à ressembler à cet homme aux muscles noueux.

— En tout cas, ne boudez pas ses magnifiques marchandises, plaisanta Li.

— Il le faudra bien, rétorqua Storm d'un air lugubre. Je ne dispose d'aucun objet de troc.

— Ce n'est pas grave, la rassura Li. Les commerçants vivent sur la côte, ils accepteront...

— Nous ferions mieux de partir tout de suite, afin de profiter de la fraîcheur relative, coupa Rann.

Il se leva brusquement de sa chaise, et rejoignit les deux jeunes femmes le long de la balustrade.

— Attendez une seconde, pria Li.

Elle disparut en direction de sa chambre, suivie par son mari. Storm ignorait toujours quelle monnaie d'échange elle pourrait utiliser, et s'interdisait de le demander à Rann. En effet, ce dernier risquait une fois de plus de profiter de son ignorance pour lui infliger un affront. Elle saisit le premier sujet de conversation pour interrompre un silence pesant :

— La matinée s'annonce plus chaude que jamais.

— Un orage se prépare, décréta Rann.

Krish, revenu sur ces entrefaites, lança un coup d'œil anxieux à son ami, avant de déclarer :

— J'espère qu'il éclatera loin d'ici. Une brusque montée du niveau des eaux serait catastrophique pour le chantier.

— Une violente chute de pluie ne déblayerait-elle pas le reste des débris accumulés en amont ? s'enquit Li.

— Souhaitons que non, rétorqua son mari d'un ton fervent. Un raz de-marée d'eau et de terre dévalerait le torrent. Imagine que le flot charriant des troncs d'arbres, des cailloux, de la boue, descende tout à coup vers le village, sur la foule assemblée pour le marché.

Il fit un geste de la main en direction des berges. Une foule grouillante s'y était déjà réunie. Seul un petit espace autour de la réserve était préservé du piétinement des visiteurs. Un garde avait été affecté à sa surveillance. Rann n'avait pas relâché sa vigilance en ces circonstances exceptionnelles, songea Storm avec agacement. Comment les trafiquants pourraient-ils intervenir au milieu d'une telle affluence ? La présence de tous les villageois devrait suffire à les en dissuader. Storm s'étonna des précautions prises par Rann.

— Les pirogues sont amarrées au milieu du coude de la rivière, poursuivit Krish avec inquiétude. C'est le point le plus vulnérable en cas de crue. Décidément, rien de pire ne risquait de nous menacer après de longues semaines d'effort, grommela-t-il.

— Trop de rochers font encore barrage pour qu'une telle catastrophe se produise, répliqua Rann avec autorité. Du reste, nous avertirons les marchands d'un danger éventuel, et leur conseillerons de tirer au sec leurs biens et leurs embarcations, dès que la pluie commencera à tomber... A présent, allons faire notre visite.

Rann descendit les marches avec impatience, suivi de ses trois autres compagnons. Arrivé sur la berge, il s'arrêta pour discuter avec l'un des commerçants : sans doute l'avertissait-il du péril encouru, en le priant de transmettre ce message à ses collègues.

Storm trébucha contre une pile de calebasses, et les admira, puis passa devant des tas de poisson séché, des assortiments de casseroles et d'objets hétéroclites. Des nuées de mouches bourdonnaient au-dessus de certaines marchandises difficilement identifiables. L'un des boutiquiers vendait exclusivement des sucreries, étalées sur une toile posée sur le sol.

— Ne vous laissez pas tenter par les bonbons, lança Rann d'un ton autoritaire.

— Ma première expérience m'a servi de leçon, fulmina la jeune fille.

Elle était furieuse de se voir traitée comme une enfant, une fois de plus.

— Attention ! cria Krish en la tirant vers lui. Vous marchez sur l'emplacement de son comptoir.

Sans y prendre garde, Storm venait de poser le pied sur un objet exposé à terre.

— Je suis désolée, s'excusa-t-elle.

Elle était éberluée par l'aspect de ce marché oriental, où chacun s'installait comme il l'entendait, sur une simple natte. Les acheteurs s'y promenaient avec le sourire : les gens ne se bousculaient pas, et prenaient le temps de vivre.

— Ici, les marchands sont assurés d'une clientèle fidèle, expliqua le conservateur. Ils ne viennent qu'une fois par an, et ne sont concurrencés par aucun boutiquier.

— Cette foule n'est pas uniquement composée d'habitants de notre village, n'est-ce pas ?

Elle s'était inconsciemment identifiée à la population locale. Elle ne vit pas que Rann lui jetait un coup d'œil perçant en entendant sa déclaration.

— Certains badauds ont marché pendant des kilomètres pour se rendre ici, confirma-t-il. Les nouvelles circulent très vite dans la jungle. Dès qu'ils connaissent la date d'arrivée des pirogues, les habitants des localités reculées prévoient un voyage de deux ou trois jours pour se rendre en temps voulu sur le lieu du rassemblement.

— Et ils cheminent aussi longtemps au retour, en portant leurs achats, s'émerveilla Storm.

— C'est la meilleure période de l'année pour eux, souligna Krish.

Leur petit groupe s'était approché du commerçant aux splendides étoffes, et Li s'extasiait sur la beauté d'un sarong jaune. Storm entraîna Krish vers un marchand de bijoux, et lui conseilla d'offrir à son épouse un bracelet assorti.

— Choisissez-le vous-même, grommela-t-il. Mes goûts correspondent rarement à ceux de Li.

Il feignait d'être fâché de ces dépenses inutiles, mais était secrètement ravi de faire plaisir à sa jeune femme coquette.

— Celui-ci ira parfaitement avec le tissu qu'elle admire, nota Storm.

D'un sourire, elle indiqua au marchand que son compagnon allait régler son acquisition. En croisant son regard, l'homme se raidit brusquement. Intriguée, Storm chercha un souvenir lointain dans sa mémoire, mais cessa soudain de se concentrer en entendant l'appel enjoué de Li :

— Venez m'aider à me décider, Storm.

L'Asiatique se détourna, et se mit à parlementer avec Krish.

— Je n'arrive pas à opter entre le jaune et le bleu, se plaignit Li.

— Prenez-les tous les deux, la taquina Rann.

— Vous possédez déjà un sarong jaune, décréta Storm.

— Alors, ce sera le bleu, conclut Li.

Elle commença alors à marchander énergiquement son achat en compagnie de Storm, tandis que les deux hommes s'éloignaient. Cette dernière se souvint subitement du bijou : il fallait dire à Krish de l'échanger, puisque sa couleur n'était plus assortie au tissu.

— Je reviens dans une minute, annonça-t-elle à Li.

Elle rejoignit ses compagnons dans la foule, et expliqua qu'il fallait se procurer un autre bracelet.

— Ah, les femmes ! soupira Krish. Elles changent d'avis tout le temps !

— Essayons de retrouver le marchand, suggéra Storm.

Au bout d'un moment, il leur fallut se rendre à l'évidence : l'homme avait disparu.

— Vous avez dû vous tromper, déclara Rann, en fronçant les sourcils.

— Pas du tout, indiqua-t-elle. Son échoppe se tenait entre celles des bonbons et du poisson séché.

— Storm a raison, convint Krish.

Le boutiquier voisin eut pitié de leur air désemparé, et cria quelques phrases.

— Il dit qu'il a remballé toutes ses affaires, et s'est éclipsé juste après notre départ, traduisit Krish.

— Quel dommage ! Vous ne pourrez pas en offrir un autre à votre femme, soupira Storm.

Krish haussa les épaules avec philosophie, mais n'en semblait pas moins déçu. A l'emplacement vide, demeurait une natte, marquée de noix de coco aux quatre angles. Rann se pencha et les ramassa en expliquant :

— Elles serviront de monnaie d'échange, si vous désirez quelque chose.

Storm protesta, mais son regard se dirigea malgré elle vers la boutique aux étoffes chatoyantes. Rann s'en aperçut. Cependant, Li avait fini de marchander, et se dirigeait vers eux, rayonnante, son sarong sous le bras. Contrairement à son habitude, elle s'adressa à ses compagnons dans sa langue natale, et son amie en fut surprise. Habituellement, tous parlaient anglais en sa présence, par courtoisie. Elle fut stupéfaite d'entendre Rann répondre en utilisant le même langage.

La jeune fille se sentit offensée de ce brusque rejet.

— A présent que vous disposez d'un moyen de troc, il faut absolument vous acheter quelque chose, décréta Li.

Storm manifestait de la réticence à utiliser le cadeau inattendu de Rann, mais ce dernier l'y invita en la rassurant :

— Je débattrai du prix pour vous.

— Allons, insista Li. Venez avec moi.

Elle la suivit à contrecœur.

— Cette étoffe noire vous conviendrait parfaitement, déclara Li. Avec ses broderies en fil d'argent, elle ferait une merveilleuse robe du soir exotique.

Sa compagne était entièrement séduite par cette soierie brochée, mais craignait que quatre noix de coco ne suffisent pas à l'acquérir. Le tissu était brodé de papillons argentés qui scintillaient au soleil.

— Li a raison, cette couleur vous ira à merveille, intervint Rann.

Il adressa quelques mots au commerçant. Ce dernier plia vivement la pièce de tissu pour la tendre à sa cliente. Storm eut impulsivement envie de se rebeller car personne ne l'avait consultée pour connaître ses goûts. Rann avait pris la décision à sa place, il n'en avait pas le droit... Cependant, elle ne parvint pas à articuler un seul mot, tant sa gorge était nouée : les papillons lui rappelaient un récent épisode dans la jungle, et une remarque de son hôte le lendemain. Moorcroft y avait-il songé lui aussi ?

Storm posa soigneusement le paquet sur son bras, tandis que l'exploitant forestier débattait du prix avec le vendeur. Il s'exprimait en dialecte, et Storm ne comprenait pas.

— J'ai faim, se plaignit Krish.

— Allons déjeuner, décida Li. Rann nous rejoindra.

Le temps avait passé très vite, et les échoppes étaient déjà désertées par la foule, partie se restaurer. Une odeur forte émanait du poisson séché cuisant sur de nombreux feux de bois.

— Rassurez-vous : Gurdip ne nous aura pas préparé un plat identique, s'esclaffa Krish en voyant l'expression dégoûtée de Storm.

Avant de passer à table, cette dernière se rendit dans sa chambre. Elle venait d'enfiler une robe, lorsque Li frappa à sa porte pour la prier de remonter la fermeture-éclair de son corsage.

— Vous avez mis votre sarong jaune, remarqua Storm en lui rendant le service demandé.

— Je le porte pour faire plaisir à Krish, avoua l'autre en souriant. Il m'a offert un bracelet jaune, et j'ai voulu l'assortir à mon vêtement. Nous avons toutes les deux reçu un cadeau aujourd'hui.

— Je ne sais pas qui remercier pour le mien, reconnut Storm, morose. Jamais on ne m'a rien donné d'aussi étrange que quatre noix de coco... Au fait, quelle monnaie d'échange a utilisé Krish ?

Après un moment de silence, elle ajouta :

— J'ai peine à croire qu'une étoffe aussi délicate ait pu être acquise en échange de simples fruits.

— Krish a tout simplement payé en argent, nota Li. Les commerçants de la côte l'acceptent. Seuls les villageois sont contraints de troquer.

La jeune Asiatique avait déjà essayé d'expliquer cette différence à Storm, mais Rann l'avait interrompue. Avait-il agi délibérément ?

— Mais... les noix de coco... commença-t-elle. Rann avait dit que...

— Il a payé en espèces, tout comme Krish, l'interrompit sa compagne, amusée de sa naïveté. Il voulait garder le secret, c'est pourquoi nous avons parlé en dialecte. Il m'a demandé de vous éloigner lorsque vous auriez choisi afin qu'il puisse régler l'achat à votre insu.

— Jamais je n'aurais accepté, si j'avais su ! s'exclama Storm. Ce tissu devait être ruineux !

— En effet, confirma Li d'un ton enjoué.

— Je le lui rendrai. Je ne peux pas le conserver.

Les yeux de la jeune fille étincelaient de colère. Rann l'avait ridiculisée à dessein. Il lui avait tendu un piège, et devait rire à présent de sa candeur.

— Oh, non ! Ne refusez pas son cadeau, supplia Li. J'ai promis à Rann que je ne vous dévoilerai rien. Je serais désolée s'il apprenait que j'ai trahi sa confiance.

Storm était obligée de respecter le vœu de son amie. Elle la suivit avec réticence jusqu'à la véranda, car Gurdip faisait sonner la cloche du repas.

Storm marmonnait d'un ton furieux : « Jamais je ne consentirai à admettre ce présent. Je trouverai bien un moyen de m'en défaire, sans signaler la raison de mon refus. »

Sans le savoir, Li lui avait indiqué comment s'y prendre lorsqu'elle avait remarqué :

— Cela vous fera un merveilleux souvenir quand vous rentrerez chez vous.

Storm était ravie d'avoir trouvé une solution : en partant, elle laisserait le tissu dans sa chambre. Ainsi, Rann ne le découvrirait que trop tard, et ne pourrait pas protester. Il comprendrait ce que son invitée pensait de ses cadeaux...

Storm s'assit à table à côté de Rann. A cet instant précis, le premier éclair zébra le ciel plombé, et un violent coup de tonnerre éclata. Ces signes avant-coureurs de l'orage correspondaient étrangement au tumulte de son propre cœur survolté.

13

— J'ai l'impression que l'orage va éclater au beau milieu de la nuit, prédit Krish.

— Je souhaite ne pas attendre aussi longtemps, rétorqua sa femme. La chaleur est accablante.

— L'activité du marché n'en est pas affectée, nota Storm.

En effet, la foule continuait à s'amasser autour des échoppes.

— Les gourdes se vendent bien, poursuivit-elle après avoir remarqué une importante diminution du tas d'objets métalliques.

— Les villageois les utilisent pour entreposer le riz ou les graines, expliqua Li.

— La danseuse d'hier soir en a fait ample provision, se rappela Storm.

— Elle en aura bien besoin : elle exécutait sa danse de fiançailles pendant le spectacle. Elle aménage donc sa nouvelle maison.

— Elle interprétait son propre rôle, déduisit Storm, pensive. Rien d'étonnant si...

Elle s'interrompit, comprenant soudain pourquoi son interprétation lui avait semblé si expressive, et l'avait tellement touchée : la jeune fille était amoureuse. Elle aussi s'était prise de passion pour un homme, mais ce dernier ne lui tendait pas la main...

— Le couple a été marié après notre départ, expliqua Li. C'est une cérémonie privée, réservée aux habitants du village.

Ceci éclairait l'empressement de Rann à quitter la fête. Mais pourquoi lui avait-il caché les raisons de cette retraite stratégique ? Il savait pourtant qu'elle souhaitait s'attarder encore un moment. S'il lui avait fait part de cette coutume, Storm n'aurait élevé aucune protestation.

— Les parents de la jeune fille débattent du prix de la dot avec ceux du garçon, poursuivit la jeune Asiatique.

— Elle s'élève sans doute à quatre noix de coco, railla Storm.

Elle avait parlé de voix basse afin de n'être entendue que de Rann. Il lui lança un rapide coup d'œil, mais son expression demeura impénétrable. Elle se mordit la langue, et regretta de ne pas avoir tenu sa promesse à Li.

— Lorsque ces affaires ont été réglées, continua cette dernière, le couple annonce sa décision aux anciens du village. Ils lui donnent leur bénédiction, et tout est arrangé en vue de la fête. Aujourd'hui, deux familles vont aider les jeunes mariés à bâtir leur case.

— J'avais vu la danseuse se livrer à d'importantes emplettes, mais je n'avais pas compris pourquoi, remarqua Storm. J'ai également aperçu la mère du garçonnet parmi les clientes du marchand de poisson.

— Vous voyez, vous commencez à appartenir à notre petite communauté, conclut gentiment Li. Vous reconnaissez déjà plusieurs de ses membres.

— Je confesse qu'au début, ils se ressemblaient tous à mes yeux.

— Krish et moi avons affronté le même problème en accostant en Angleterre, avoua Li. A notre arrivée au collège, rien ne distinguait un visage blanc d'un autre.

— Nous disposions d'un avantage par rapport à Storm, intervint gaiement le conservateur. Les cheveux des Européens varient du blond au noir.

Storm éclata de rire, et une lueur amusée passa dans les yeux de Rann.

— Moi aussi, j'ai appris à différencier les villageoises d'après leur chevelure assura Storm.

— Pourtant, toutes arborent une teinte identique...

— Mais ne se coiffent pas de la même façon, coupa-t-elle.

Krish semblait dépassé par ces subtilités féminines. Prise de pitié, elle s'empressa de la réconforter :

— J'ai encore du mal à distinguer les hommes. Pourtant, le vendeur de bracelets...

Elle fronça les sourcils avant d'enchaîner :

— ... Quelque chose dans son visage... Je n'arrive pas à me souvenir de l'endroit où je l'ai rencontré.

— Voyons, vous ne l'avez sûrement pas croisé auparavant, s'étonna Li. Peut-être ressemblait-il à l'un des habitants du village, au visage marqué par la variole.

— Des cicatrices ! C'est ça ! s'écria Storm. Je sais où je l'ai rencontré !

— Mais il n'était pas... commença Krish.

— En effet, lui ne portait pas de blessures de la face, mais Mong Chi, oui. Le boutiquier appartient à sa bande. Je me souviens à présent l'avoir vu parmi les trafiquants.

— En êtes-vous certaine ? demanda Rann en se penchant en avant après avoir lâché sa cuiller.

— Naturellement ! répliqua Storm, piquée au vif.

— Si j'avais eu l'occasion de l'observer plus longuement, je l'aurais identifié beaucoup plus tôt. Mais il avait disparu à notre retour, reprit-elle.

— Vous a-t-il aperçue lui aussi ? questionna Rann.

— Oui, il a remarqué que je le dévisageais d'un air

intrigué, et m'a tourné le dos pour discuter avec Krish. Lorsque nous sommes revenus à son échoppe, il n'était plus là.

— Il espérait sans nul doute que vous ne penseriez plus à lui, si vous ne le revoyiez pas, conclut Rann d'un ton pensif.

— Le marchand de sucreries a affirmé que son voisin avait descendu la rivière en pirogue, rappela Krish.

— Il allait vraisemblablement faire son rapport à Mong Chi, acquiesça Rann. Cela signifie qu'il campe près d'ici.

Il se leva subitement en déclarant :

— Continuez à manger. Je reviens immédiatement.

Il se dirigea vers la salle de radio, et revint quelques minutes plus tard, à temps pour entendre :

— Il ne s'attend tout de même pas à une attaque ? demandait Storm.

— Nous venons d'avoir la preuve que les trafiquants se sont mêlés à la foule, repartit sèchement Rann.

— La garde a été doublée autour de la réserve, et personne en peut en approcher, objecta Storm.

— Un assaut concerté sèmerait la confusion parmi la population, et les brigands la mettraient à profit, avança Rann. Personne ne parviendrait à distinguer les marchands des assaillants dans la mêlée, et ces derniers n'auraient aucune peine à s'enfuir par la rivière.

Comme d'habitude, Rann envisageait toutes les possibilités, et Storm était agacée par cette nouvelle démonstration de son sens tactique.

— Nous ne disposons d'aucun moyen pour reconnaître les bandits des honnêtes boutiquiers, souligna Krish d'un air sombre.

— Nous possédons au contraire un atout inespéré, riposta son ami.

Il se tourna vers Storm et lança :

— Vous avez réussi à repérer l'un des hommes de Mong Chi. Peut-être en identifierez-vous d'autres ?

Sans attendre sa réponse, il la prit par la main, et l'aida à se mettre debout.

— Nous allons faire un tour sur le marché, annonça Rann.

Exaspérée par son ton autoritaire, elle se rebella :

— Il fait beaucoup trop chaud pour aller arpenter les berges.

L'air était saturé d'une humidité étouffante, et les petites langues de feu des éclairs embrasaient sans cesse le ciel à la couleur menaçante. La pression atmosphérique écrasante créait une tension insupportable. Les nerfs à vif, Storm s'écria :

— Ne comptez pas sur moi pour vous seconder ! Puisque votre ivoire vous préoccupe tant, il fallait le faire transporter en lieu sûr dès que vous l'avez trouvé... ou plutôt que *je* l'ai trouvé, corrigea-t-elle aigrement.

— Le seul hélicoptère de la région est mobilisé dans la zone du tremblement de terre. Il ne pourra pas venir ici avant deux jours.

— Adressez-vous aux cornacs, fulmina-t-elle.

— Ils ne me seront d'aucune utilité. Vous seule êtes capable de reconnaître les trafiquants. Vous m'accompagnerez, même si je dois vous entraîner de force.

— Et si je refuse en évitant de vous signaler ceux que j'aurai identifiés, que ferez-vous ?

Storm triomphait : elle avait enfin trouvé un moyen de résister à Rann. Elle le défiait avec toute la violence de son ressentiment accumulé depuis son arrivée.

— Si je ne parviens pas à vous convaincre, j'espère que ce spectacle vous fera changer d'avis, gronda-t-il.

Le visage de Rann avait blêmi, et ses yeux brillaient d'une intense colère. Storm, effrayée, eut peur lorsqu'il se tourna vers elle, et l'agrippa à deux mains pour la hisser de sa chaise. Il l'amena devant la balustrade de la véranda, et tendit la main vers la foule bigarrée.

— Regardez-les, ordonna-t-il d'une voix rauque. Avez-vous réfléchi au sort de ces pauvres malheureux s'ils tombent entre les mains de Mong Chi ? Souvenez-vous que ces canailles n'ont pas hésité à mettre le feu pour chasser un éléphant blessé vers un village peuplé exclusivement de femmes et d'enfants. Cette action ne se justifiait que par leur désir de créer une diversion pour leur premier raid.

— Il leur faudra d'abord atteindre la réserve pour se procurer des armes, riposta Storm.

— N'oubliez pas qu'ils possèdent déjà des fusils de chasse, répondit Rann, glacial. Croyez-vous qu'ils tergiverseront pour s'en servir ? Avez-vous envie d'être responsable s'ils tirent sur elle ?

Moorcroft indiqua de la main une petite fille qui courait gaiement.

— Désirez-vous courir ce risque ? interrogea-t-il, en se contenant avec peine.

La jeune fille était terrifiée par le tableau effroyable tracé par son hôte. En songeant aux blessures causées par les armes, elle se rappela le visage défiguré du Birman, et se raccrocha à la rambarde pour maîtriser un début de vertige.

— Il n'y a pas un seul instant à perdre, insista son compagnon, sans pitié.

— Je vais chercher mon chapeau, et je vous rejoins, murmura Storm.

Elle se rendit dans sa chambre en trébuchant, et chercha machinalement son éventail.

— Je vous attends! s'exclama Rann, debout devant sa porte.

Cette façon de la rappeler à l'ordre l'irrita prodigieusement, et elle lança avec rage :

— Je ne cherche pas à m'échapper! J'arrive.

Elle sortit de la pièce, et il l'entraîna au bas des marches, en la tenant par le bras.

— Inutile de me retenir prisonnière : je ne m'enfuirai pas! jeta-t-elle.

Malgré sa protestation, il ne la relâcha pas. C'était préférable : de toutes parts, les gens se bousculaient entre les échoppes. Le marchand de gourdes avait disparu, lui aussi, et Storm fut prise d'un frisson en s'interrogeant sur les raisons de son départ. Instinctivement, elle se rapprocha de Rann.

— Eh bien? questionna calmement ce dernier, à voix basse. Surveillez les clients autant que les commerçants, recommanda-t-il.

Storm n'appréciait guère de se livrer à cette enquête soupçonneuse : elle scrutait sans conviction les visages des chalands à l'air amical et souriant. Mais peu à peu, elle en vint à se méfier de tous. A sa grande surprise, Rann s'arrêta devant un stand, saisit un bracelet, et ordonna :

— Essayez-le.

— Vous n'avez pas besoin de me payer pour mes services, s'indigna-t-elle.

Il lui passa le bijou au bras, sans se soucier de sa remarque véhémente. Il s'était déjà livré à un chantage pour obtenir qu'elle l'accompagne, et il ajoutait à cela une insulte! Furieuse, elle marmonna :

— On ne m'achète pas!

— Ne faites pas l'enfant, chuchota Rann. J'essaie simplement d'agir avec naturel. Si vous continuez à vous comporter de façon aussi crispée, tout le monde suspectera quelque chose. Tentez au moins de faire semblant de vous intéresser aux marchandises.

Rann profita de sa surprise pour lui glisser un jonc autour du poignet. Storm en supportait mal le contact : il ne lui avait pas été offert par amitié, mais pour sauver les apparences. Afin de jouer son rôle, elle s'efforça d'afficher un sourire de remerciement.

— C'est mieux ainsi, l'encouragea-t-il.

Son ton indiquait que l'interprétation de son rôle n'avait pas été très convaincante, et Storm s'en étonna : était-elle devenue incapable de simuler un sentiment ?

— Ne rêvez pas, conseilla Rann. Gardez les yeux fixés sur la foule afin de ne pas gâcher nos chances de repérer un trafiquant.

— J'ai tellement regardé que j'en suis étourdie, tempêta Storm. Il n'y a rien à voir !

— En êtes-vous absolument persuadée ? s'enquit-il en la scrutant d'un air inquisiteur.

— Evidemment ! J'ai tenu ma promesse, et je n'ai pas laissé passer un seul visage sans l'observer attentivement. Je suis épuisée et je voudrais rentrer au bungalow.

Elle étouffait et son corps était moite. D'un geste impatient, elle tamponna son front avec un mouchoir.

— Il est inutile de prolonger cette quête harassante puisque nous avons fait le tour du marché, ajouta-t-elle, maussade.

— Il faut encore traverser le village jusqu'à la rivière pour mener à bien ce travail.

Cet excès de précaution lui parut absurde. Elle fit volte-face pour abandonner Rann, mais il la retint aussitôt. A cet instant, un petit groupe se détacha de la foule, et s'avança vers eux. La jeune fille dut contenir son envie de faire un éclat, et suivit Rann à regret. Ils passèrent devant quelques cases, atteignirent la clairière où s'était tenue la fête, et parvinrent au bord du cours d'eau.

— Il y a une nouvelle maison! s'exclama-t-elle.

En effet, une case au toit en chaume avait été construite depuis la veille, légèrement en retrait des autres.

— Elle appartient aux nouveaux mariés, expliqua Rann. Ils l'ont bâtie trop près de la rivière.

— Sans doute l'ont-ils édifiée là exprès, suggéra-t-elle.

Le ton critique de Rann l'agaçait : l'emplacement choisi par les jeunes gens lui paraissait idéal. Soudain, elle se détourna, incapable de supporter plus longtemps la vue de cette habitation neuve et pimpante.

— Nous perdons notre temps, décréta Storm. Le village est désert. Nous n'avions pas besoin de venir aussi loin.

— Il fallait nous en assurer, rétorqua-t-il.

La jeune fille optait pour une autre explication : il l'avait poussée dans ses derniers retranchements afin de la faire marcher à la limite de ses forces! Sa conviction se trouva renforcée par la suite des événements.

— D'autres barques arrivent, s'écria-t-elle. Si nous longeons la rive, nous pourrons les observer aisément.

— C'est inutile, rétorqua Rann avec indifférence. A présent que nous nous sommes mis en route vers le bungalow, autant continuer notre chemin.

Il la poussa devant lui, à travers la bousculade du marché, alors qu'un sentier beaucoup moins encombré suivait les berges. Ils auraient pu y cheminer dans un confort relatif, et éviter la cohue. Une chaleur torride accablait Storm, mais son bourreau l'obligeait à poursuivre ce calvaire. Une fois leur but atteint, elle se tourna vers lui avec fureur, et s'écria :

— Que voulez-vous de moi exactement ? Vous m'avez d'abord ordonné d'étudier tous les visages de la foule afin de reconnaître les trafiquants éventuels. Vous ne m'avez pas crue lorsque j'ai affirmé n'en distinguer aucun. Puis, quand d'autres pirogues sont apparues, vous m'avez dit de ne pas m'en préoccuper. J'en ai assez ! Tout cela ne rime à rien ! Je repartirai avec l'hélicoptère venu chercher l'ivoire, même si vous vous y opposez. Vos affaires ne me concernent pas, et je ne vois pas pourquoi j'y serais impliquée.

Storm luttait contre elle-même depuis le début de son aventure, et ce combat lui semblait désespéré. Elle s'enfuit en sanglotant en direction de sa chambre. Un roulement de tonnerre accompagna ses derniers mots.

14

Un fracas assourdissant retentit, le ciel se zébra d'un éclair aveuglant, puis des trombes d'eau se déversèrent en crépitant sur le sol. La place du marché se vida de ses chalands, et les commerçants dressèrent en toute hâte des abris en toile goudronnée pour se protéger du déluge. Une épaisse vapeur montait de la terre surchauffée. Storm s'arrêta, fascinée par ce spectacle insolite.

— Jamais je n'ai vu une pluie aussi forte, s'émerveilla-t-elle.

Du haut de la véranda, elle contempla l'averse tropicale à la violence hallucinante. Elle était à la fois revigorée et terrifiée par la sauvagerie des éléments déchaînés.

— Sous nos latitudes, le temps nous offre parfois de splendides représentations, renchérit Rann.

Il l'avait rejointe au bord de la balustrade.

— La mise en scène est de premier choix, reconnut-elle.

Elle s'entendit acquiescer avec un étonnement détaché : l'orage avait balayé son ressentiment, et créé un lien avec son hôte. Ses propres sentiments disparaissaient sous la tornade orchestrée par la nature en furie.

— Même la tempête qui a abattu notre avion

n'était pas comparable à cet ouragan, remarqua Storm.

— Votre appareil ne s'est pas écrasé à cause du mauvais temps, mais parce qu'il était mal entretenu.

Etait-il obligé de contredire la moindre de ses affirmations ? A chaque occasion, Rann s'investissait du rôle de juge et partie, et tous devaient accepter ses déclarations sans rechigner.

— Vous n'étiez pas présent ! Comment pouvez-vous savoir ? lança-t-elle irritée.

— Je connais Mac, se contenta-t-il de répondre d'un ton indifférent.

Storm sentit que le calme l'abandonnait face à une telle outrecuidance. Le bruit contribuait à augmenter sa tension : depuis son arrivée au bungalow, elle avait continuellement souffert des petits coups produits par la rosée sur le toit, à la nuit tombée. Mais le fouettement de la pluie était bien pire ! Au bout de quelques heures, Storm eut l'impression que ses nerfs à vif n'en supporteraient pas davantage.

« Si cela doit durer encore, je vais hurler » se dit-elle avec désespoir. De toute façon, cela aurait été nécessaire pour couvrir l'incessant vacarme de l'averse, et les grondements presque ininterrompus du tonnerre. Ils roulaient dans le cirque de collines entourant le village, et étaient encore amplifiés par l'écho. Toute conversation normale était devenue impossible.

— On dirait qu'un millier de marteaux me fracassent la tête, se plaignit Storm au cours d'une accalmie relative.

— J'ai la même impression, répondit Li avec compassion. J'espérais que l'atmosphère se rafraîchirait, mais il fait plus chaud que jamais.

Li s'éventa d'une main languide.

— La température paraît insupportable à cause de la combinaison du haut degré d'humidité avec la pression atmosphérique, expliqua Rann. Nous nous sentirons mieux tout à l'heure, lorsque le soleil reparaîtra.

Il avait décidément réponse à tout. Storm lui lança un regard haineux : Rann ne semblait pas affecté par la chaleur, ou du moins ne le montrait pas.

— Je suis lasse de rester assise à contempler ce spectacle, annonça Li en se levant. Nous ferions aussi bien d'aller nous coucher en espérant que le temps se montrera plus clément demain matin au réveil.

— Il faudra partir tôt, signala Krish en imitant sa femme. Un énorme travail nous attend au chantier.

— Je crois que le barrage de roches tiendra, réaffirma Rann d'un ton confiant.

— Nous devrons nous efforcer d'évacuer le trop-plein d'eau accumulé en amont par l'averse, sans inonder toute la région, rappela Krish d'un air inquiet.

— Nous irons ensemble sur le site afin de tout mettre au point.

Rann se contredisait : il avait décidé que jamais ils ne devaient quitter en même temps le bungalow, tant que l'ivoire était entreposé dans la réserve ! Storm renonça à le relever, fatiguée à la perspective d'une nouvelle polémique. Elle préféra suivre l'exemple de Li, et se rendit dans sa chambre. Une fois couchée, la jeune fille ne parvint pas à s'endormir. Elle rejeta les pans de sa moustiquaire, et se releva.

La pluie crépitait un peu moins fort, à présent, comme si l'orage s'éloignait enfin. Storm essuya son visage et ses mains moites, puis décida de se rhabiller en attendant l'éclaircie. Elle voulut savoir l'heure, et s'approcha de la fenêtre pour lire le cadran au clair de lune. Un faible éclat de lumière argentée perçait la couche de nuages, et elle découvrit qu'il était minuit passé. Avec un sursaut d'énergie, elle ouvrit la porte de sa chambre : elle trouverait certainement une plus grande fraîcheur sur la véranda. Personne ne viendrait l'y déranger, car tous avaient regagné leurs chambres, et Gurdip dormait au village.

Elle se dirigea à pas feutrés vers la balustrade, et s'accouda contre le bois humide. La flottille de pirogues était bercée par le flot : ses occupants dormaient à l'abri des bâches goudronnées tendues sur leurs esquifs. L'espace entre le bungalow et les cases, grouillant d'animation quelques heures auparavant, n'était plus qu'une immense étendue de boue déserte et silencieuse, brillant sous les faibles rayons de l'astre lunaire.

Storm appuya son front sur ses mains croisées : elle se sentait épuisée mentalement et physiquement par de pénibles épreuves. Un nouveau coup de tonnerre lui fit lever les yeux vers la partie de la jungle où s'était produit le glissement de terrain. Elle n'avait jamais visité le chantier, mais le connaissait assez bien d'après les descriptions enthousiastes de Krish.

Sans doute n'irait-elle jamais là-bas... Sans l'urgence de ce travail, Rann lui aurait fourni depuis longtemps un équipage pour regagner la côte, ne serait-ce que pour se débarrasser de sa présence importune. Avec le temps, elle serait parvenue à l'oublier. Mais à présent, il était trop tard. En partant avec l'hélicoptère, elle laisserait dans cette jungle tous ses espoirs et ses désirs.

Storm ne ressentait plus d'amertume, mais se trouvait en proie à un néant que rien à l'avenir ne pourrait combler. Les éclairs continuaient à zébrer le ciel, et elle les contemplait avec tristesse. Elle finit par décider d'observer leur cadence. Cette occupation lui permettrait de savoir à quelle vitesse voyageait l'orage. Elle en compta d'abord trois, puis un quatrième, différent des autres. Au lieu de ressembler à une fourche étincelante, il s'apparentait davantage à une flamme. Storm fixa les collines, les sens en alerte. La lueur diffuse avait jailli à la base du tertre, au lieu d'éclater en plein ciel. Storm réfléchissait à ce fait bizarre, lorsqu'un grondement sourd retentit : cette fois, nul doute n'était possible : ce phénomène provenait d'une autre source !

Storm ne s'interrogea pas plus longuement. Avant d'en avoir pris conscience, elle se retrouva devant la porte de la chambre de Rann.

— Rann ! Rann, levez-vous !

Elle tambourina sur le battant avec ses poings.

— Que se passe-t-il ?

Il apparut sur le seuil, les cheveux ébouriffés par le sommeil, mais le regard vif. Il attrapa les deux mains de Storm pour faire cesser son tapage, et demanda :

— Allons, dites-moi : de quoi s'agit-il ?

— L'éclair... il est parti du bas de la montagne... balbutia-t-elle de façon incohérente.

Elle sanglotait sous l'effet d'une terreur qui la dépassait, et parvint à poursuivre :

— Il a été suivi d'un coup de tonnerre qui n'était pas produit par l'orage, et les marchands dorment dans leurs pirogues sur la rivière...

Son discours hésitant, et le manque de suite logique de ses propos décousus trahissaient une angoisse désespérée. En dépit de cet apparent non-sens, Rann comprit aussitôt, tellement les yeux de Storm étaient éloquents.

— Krish ! hurla-t-il.

Storm sursauta, mais le conservateur arrivait déjà, réveillé par ses cris, Li sur ses talons.

— La barrière de roches du chantier a été soufflée par une explosion, résuma rapidement Rann. Il faut prévenir les piroguiers de fuir les berges, le flot risque de les atteindre d'une seconde à l'autre.

Grâce à Dieu, Rann avait deviné, et qui plus est,

l'avait crue ! Il ne perdait pas de temps à poser des questions inutiles.

— Je croyais que le barrage tiendrait, hoqueta Li, terrifiée.

— Mong Chi a dû le faire sauter à la dynamite. Rien d'autre n'aurait pu l'ébranler.

Rann enfilait son pantalon par-dessus son pyjama, tout en émettant des suppositions. Il mit ses chaussures et ajouta :

— Allons-y, Krish.

Juste avant de partir, il considéra Storm de ses yeux verts insondables, et ordonna brusquement :

— Restez ici, vous ne risquez rien.

Il sauta agilement par-dessus la balustrade de la véranda, et se mit à courir en direction de la rivière, tout en criant à pleins poumons.

— Le projecteur, Li. Allume-le, lança Krish d'une voix forte avant de se précipiter sur les traces de son compagnon.

Li agrippa son amie par le bras, et supplia :

— Aidez-moi. Je n'y arriverai pas toute seule, il est trop volumineux.

D'un bond, elle parvint dans la salle de radio, et sa compagne lui emboîta le pas aussitôt.

— Poussons-le au-dehors.

Bien qu'il fût monté sur roulettes, l'appareil était incroyablement lourd. Le cordon électrique gênait leur manœuvre, mais à elles deux, elles parvinrent enfin à le déplacer.

— Attention ! haleta Li. Ne le laissons pas tomber au bas des marches.

— Allez le brancher, je freinerai sa course, déclara Storm.

Li retourna en courant dans la salle de radio, et mit le contact. Pendant ce temps, Storm s'appuyait de toutes ses forces contre l'appareil qui avait tendance à rouler sur la pente. Elle réussit à l'immobiliser après un moment d'angoisse. A présent le brillant faisceau de la lampe illuminait la clairière jusqu'au cours d'eau. Les ombres mobiles de Krish et Rann se découpaient sur ce décor figé.

— Les piroguiers doivent être sourds, murmura Storm.

Un mur liquide dévalait la montagne et menaçait de les engloutir ! Storm consulta instinctivement sa montre : cinq minutes s'étaient déjà écoulées depuis qu'elle avait entrevu la flamme de l'explosion.

— Ils ont entendu !

Le silence de la berge fut soudain interrompu par les clameurs. Une activité frénétique s'empara des marchands. Ils gesticulaient tout en poussant des cris. Rann et Krish aidaient à hisser une embarcation sur la terre ferme. Un homme accourut les aider en traversant la clairière : c'était sans doute le gardien de la réserve. A eux trois, ils tirèrent au sec les deux tiers des esquifs à une vitesse étonnante.

Malgré leurs efforts frénétiques, une douzaine de bateaux se trouvait encore sur le cours d'eau.

— Pourquoi les commerçants ne réagissent-ils pas ? interrogea Li d'une voix blanche. Rann et Krish courent des risques en s'engageant au milieu de la rivière…

Emue par cette lamentation, Storm chuchota :

— On dirait qu'ils essayent de convaincre les hommes d'abandonner leurs pirogues. Rann aide un marchand à transporter son chargement sur la rive.

— Qu'importent les marchandises ! S'ils s'attardent, ils ne rejoindront jamais la terre ferme à temps. J'entends déjà le flot gronder, s'écria la jeune Asiatique, avec une intonation terrifiée. Regardez les bateaux !

Les yeux écarquillés, Storm vit une énorme vague balayer les marchandises laissées sur le rivage. Elles volèrent comme un fétu de paille. Des silhouettes sautèrent d'embarcation en embarcation, afin de regagner au plus vite le bord.

— Krish ! hurla Li.

— Il est sain et sauf, la rassura Storm. Il vient de bondir sur la berge.

Mais Rann, occupé à aider un commerçant sur la pirogue la plus éloignée de la rive, avait été pris dans le flot, et soulevé dans les airs avec le propriétaire du chargement. A la lueur du projecteur, Storm avait vu leurs deux silhouettes semblables à des pantins se précipiter sur un autre bateau.

— Je n'ose pas regarder, murmura-t-elle.

Malgré sa terreur, elle continua à fixer la scène. Une deuxième vague monumentale charriant des débris de toute sorte dévalait la pente. Arrivée au coude de la rivière, elle se dressa en un mur gigantesque, et s'abattit avec un grondement fracassant sur l'emplacement du port.

— Rann ! Rann !

Plusieurs craquements terrifiants se produisirent quand la lame fondit sur les embarcations. En quelques secondes, deux des bateaux furent réduits en miettes.

Storm geignit faiblement, devant ce spectacle terrifiant. Dans ce chaos d'eau, de boue, de troncs d'arbres, de branches arrachées de rochers, et de bois éclaté, elle avait perdu de vue Rann...

Quelque chose venait de se briser en elle. Ses yeux distinguaient encore le décor environnant, la berge comme frappée par une bombe... Les dégâts étaient considérables et la plus grande confusion régnait aux alentours. La gorge serrée, elle réprima un sanglot.

La nouvelle case des jeunes mariés avait été emportée par le raz de marée. Atterrée par cette vision, Storm sentit monter en elle une immense colère contre les trafiquants. Le visage de la danseuse se superposait à celui de Rann...

Il fallait qu'elle sache ! Les jambes lourdes, elle descendit avec effort les marches du bungalow, sans entendre l'appel anxieux de Li :

— Storm ?

Guidée par le souvenir de la musique de la fête, elle avançait vers les lieux du drame. Les commerçants inventoriaient leurs pertes en se lamentant à voix haute. Malgré la boue glissante, Storm marchait d'un pas assuré vers un toit en chaume pâle qui coiffait étrangement une pirogue épargnée par le flot. Il avait surmonté la case des jeunes mariés ! Storm était hantée par l'idée de le soulever ; elle poussait de toutes ses forces, avec désespoir, mais bientôt se rendit compte que d'autres mains l'aidaient dans sa tâche. Enfin, il bascula et tomba à la renverse. La jeune fille découvrit avec soulagement que rien — ni personne — ne se trouvait sous ce cône à l'allure pathétique. Mais elle vacillait, et se demanda comment elle parviendrait à rejoindre le bungalow. La lueur du projecteur l'aveuglait tandis qu'elle progressait en trébuchant.

Il y eut une soudaine déflagration et un bruit de verre éclaté se répercuta dans la clairière ; le projecteur s'éteignit au même instant. Au bout d'une seconde de silence, Storm entendit la voix effrayée de Li :

— Storm ? Storm, revenez ! La réserve est attaquée !

15

Mong Chi avait donc dynamité le barrage afin de créer une seconde diversion. La jeune fille le comprit en cheminant au milieu d'un horrible tumulte.

— Storm !

Li l'appelait encore, mais son amie ne distinguait plus le bungalow dans l'obscurité. Elle s'arrêta et ferma les paupières afin d'accoutumer ses yeux à la pénombre.

Il fallait absolument regagner la maison : Rann serait furieux d'apprendre qu'elle s'en était éloignée malgré ses consignes formelles. Storm rouvrit brusquement les yeux en se rappelant la catastrophe qui avait tout englouti... Elle se dirigea à l'aveuglette vers la demeure, en trébuchant et en glissant dans la terre détrempée.

— Attention... oh !

Elle avait crié trop tard : un homme qui courait vers elle l'avait percutée de plein fouet. Déséquilibrée par le choc, elle dérapa dans la boue, et tomba.

Elle s'agrippa à un débris de la nouvelle case afin de se remettre sur pied. Mais elle se mit à descendre doucement la pente, entraîné par un fleuve de boue. Storm ne parvint pas à se redresser, et se retrouva agenouillée dans une épaisse couche de limon. Avec une exclamation de dégoût, elle voulut prendre appui sur ses mains pour se relever, et toucha par hasard une surface longue et dure.

C'était la perche d'une pirogue. Elle la souleva du bourbier avec l'intention de s'en servir comme canne. La jeune fille leva la tête et observa la clairière. Ses yeux s'étaient habitués à l'obscurité, à présent, et elle distingua assez clairement la silhouette de Li, debout sur la véranda.

— J'arrive !

Elle avait essayé de crier, mais sa voix était rauque, cassée, et un brouhaha venant de la réserve avait couvert son appel. Un rayon de lune lui montra qu'on se battait là-bas. Pour la première fois, l'idée du danger traversa son esprit. Les commerçants, auparavant sur la berge pour recenser les dégâts, avaient fui. Storm, seule parmi les épaves et les quelques marchandises épargnées, se mit à frissonner. A la lueur diffuse de cette nuit apocalyptique, elle distingua tout à coup la silhouette d'un homme qui se précipitait vers elle.

— Mong Chi !

Nulle erreur n'était possible : la jeune fille ne l'avait vu qu'une fois, mais son visage restait gravé dans sa mémoire. En proie à une peur intense, elle se souvint que le Birman n'hésiterait pas à effectuer une prise d'otage. Or, l'homme courait droit sur elle. Il ne l'avait pas encore reconnue, mais ne tarderait pas à l'identifier. Par bonheur, ses vêtements couverts de boue la camouflaient temporairement, mais il fallait trouver une cachette le plus vite possible. Jetant un rapide coup d'œil circulaire, elle découvrit alors le toit en cône de la case des jeunes mariés. Elle plongea immédiatement à l'abri du chaume, et se recroquevilla, haletante, sous cette protection inespérée.

Avec un peu de chance, le trafiquant n'aurait pas remarqué son manège, et continuerait sa course. Le bruit de ses pas se rapprochait... Allait-il simplement tenter de fuir sur l'une des pirogues préservées ? La rivière tourbillonnait encore, mais elle représentait la seule issue possible pour un homme acculé.

— Arrêtez !

Une voix avait dominé le vacarme pour lancer cet ordre clairement. Storm enregistra qu'elle s'était exprimée en anglais, et cilla : il ne s'agissait sûrement pas de Rann, mais de Krish. Intriguée, elle se risqua à sortir la tête de sa cachette, et y replongea aussitôt. D'autres hommes couraient aux côtés de Mong Chi, traînant derrière eux des défenses !

L'ivoire atteignait des prix élevés au marché noir, mais son prix réel était mille fois plus important. Rann et un innocent marchand les avaient payées de leur vie. Si on laissait faire ces bandits, les éléphants disparaîtraient totalement de la réserve, et cette race serait détruite pour satisfaire la cupidité d'une poignée de misérables.

La vue du butin déclencha la colère de la jeune fille. Tout à coup, elle voulut s'engager dans la bataille, elle aussi. Le souvenir des dernières heures la submergea, lui faisant oublier ses récentes craintes pour sa propre sécurité. Elle se redressa impulsivement, et abandonna toute prudence, pour se lancer sur les traces des trafiquants. Les bandits se trouvèrent subitement confrontés à une furie, au visage couvert de boue, qui réclamait vengeance à grands cris :

— Vous n'avez pas le droit d'agir ainsi !

Accablée par l'inutilité de sa démarche, Storm eut envie de pleurer. Son cœur était brisé par la perte de Rann, mais ses yeux restaient secs, étincelants de fureur. Elle se moquait de savoir si ces canailles la comprenaient, et manifestait son indignation.

Elle lança précipitamment sa perche en travers de leur route. Stupéfaits par son apparition, les fuyards ne prirent pas garde à son geste impétueux, et tous trébuchèrent sur l'obstacle inattendu. Ils tombèrent dans la boue en poussant des jurons. Leur charge s'éparpilla dans toutes les directions. Avant qu'ils n'aient le temps de se relever, d'autres hommes étaient arrivés à leur hauteur, et les maîtrisaient. Les nouveaux venus ressemblaient à des marchands, mais se comportaient comme...

— Des policiers ! souffla Storm.

Les derniers événements se remirent en place dans son esprit comme les pièces d'un puzzle : Rann avait prévu le raid, et envoyé son mystérieux message radio afin de prévenir les autorités, et demander du renfort. Les agents avaient remonté la rivière, déguisés en marchands. Rann, au courant de leur arrivée, avait jugé inutile que Storm les observe, et elle l'avait violemment critiqué pour son comportement incohérent... Certain de recevoir de l'aide, il avait également planifié de se rendre sur le chantier le lendemain, en compagnie de Krish.

Storm se mit lentement en marche : il fallait retourner au bungalow à présent. Le souvenir de son intervention la consolerait un peu lorsqu'elle partirait : elle avait fait de son mieux. Son pied trébucha sur un objet enseveli dans la boue. Elle reconnut une défense, et s'éloigna en frissonnant. La colère qui avait temporairement aiguillonné son courage, était retombée. La jeune fille se sentait faible et tremblante. Elle chancela, en proie à un insidieux malaise. Une seule idée floue l'empêchait de s'évanouir : elle devait rentrer à la maison de Rann, pour obéir à ses ordres.

— Storm ? Où êtes-vous, Storm ?

Son esprit enregistra cet appel à travers un épais brouillard.

— Je suis là... répondit-elle d'une voix blanche.

Elle tenta de se tourner en direction de son

interlocuteur, mais ses pieds heurtèrent un objet en bois. La perche de la pirogue roula sous sa sandale. Elle poussa un cri étouffé, battit des bras, et sombra dans l'inconscience en s'affaissant.

Quelqu'un la portait dans ses bras. Cette sensation était agréable et réconfortante. On la déposa ensuite sur une surface douce et plate. Elle voulut protester car elle ne désirait pas que cesse cette étreinte rassurante, mais sa voix ne parvint à articuler qu'un faible murmure.

— Elle revient à elle.

Cette déclaration fut suivie d'un bruit de pas décroissant, et du claquement d'une porte.

Où était-elle ? se demanda Storm, perplexe. Se trouvait-elle au coude de la rivière ? De l'eau venait d'éclabousser son visage. Elle essaya de secouer la tête, mais une main immobilisa son menton. Un liquide chaud coulait sur son nez et sa bouche, et elle leva les mains pour l'essuyer.

— Ne vous frottez pas : vos mains sont couvertes de boue.

L'odeur du savon lui rappelait son enfance... Mais elle était adulte à présent, et on la lavait comme une petite fille ! Avec un sursaut d'énergie, elle ouvrit les yeux pour protester, et découvrit le visage sévère et hâlé de... Rann !

Il la fixait avec intensité et dans ses prunelles vertes luisait un éclat menaçant.

— Je vous avais dit de rester au bungalow !

Ses cheveux brillaient d'humidité, et étaient plaqués sur sa tête, comme s'il les avait rejetés en arrière d'un geste impatient. Une mèche fauve était retombée sur son front, et gouttait sur sa pommette et sa mâchoire crispée. Storm regarda les gouttes d'eau ruisseler lentement sur sa peau tout en enregistrant la vérité : Rann était vivant ! Ces mots chantèrent dans son cœur comme un joyeux refrain.

Rann grommelait en enlevant la terre mouillée collée sur ses bras. Elle avait envie de prendre ses doigts, et de les emprisonner dans les siens. Elle lutta pour se redresser sur le lit, et s'exclama :

— Vous êtes dans le même état que moi !

Comment osait-il la critiquer alors qu'il était dans le même piteux état qu'elle !

— Cela ne serait pas arrivé si vous n'aviez pas quitté le bungalow, maugréa-t-il.

De quoi parlait-il ?

— Vous ne pouvez pas me blâmer : je ne suis pas responsable du raid sur la réserve. Si je ne vous avais pas averti de l'éclair sur la montagne, le flot aurait causé des ravages encore plus importants. Et si je n'avais pas fait trébucher les trafiquants, vous auriez perdu l'ivoire.

Sans s'en rendre compte, Storm s'était assise et criait pour se défendre. Rien n'avait changé, et ils se querellaient, comme d'habitude. Rann était sain et sauf grâce à un véritable miracle, et elle l'invectivait au lieu d'exprimer sa joie.

— Je ne faisais pas allusion à l'attaque, rétorqua-t-il avec impatience. Je vous reprochais d'avoir risqué votre vie en sortant d'ici. Que s'est-il passé ?

— Je suis partie parce que... parce que...

Storm hoqueta : comment lui expliquerait-elle pourquoi elle avait agi ainsi ? Elle ne le savait pas très bien elle-même.

— A ce moment-là, rien n'avait plus d'importance, finit-elle par balbutier.

— Mais vous auriez pu être tuée !

— J'ai vu l'énorme vague s'abattre sur les pirogues, et puis je ne vous ai plus aperçu. J'ai pensé... J'ai cru... le reste importait peu.

Embarrassée, la jeune fille s'arrêta une nouvelle fois. Elle cligna des paupières pour ne pas pleurer, mais cette tentative fut vaine : les larmes retenues dans ses longs cils soyeux roulèrent sur ses joues.

Elle leva la main pour les essuyer, mais ses doigts rencontrèrent inexplicablement le visage de Rann.

— J'ai imaginé que vous étiez noyé...

Storm ne parvint pas à finir sa phrase qui mourut dans un sanglot. En revivant ce moment atroce, elle ne réussit plus à contenir ses pleurs. Son cœur s'était brisé à la perspective d'un avenir vide et solitaire.

— Lorsque j'ai vu Mong Chi et ses hommes emporter les défenses, je me suis rappelé ce que leur victoire représentait pour vous, reprit-elle. D'autres avaient payé le prix de leurs forfaits... Il fallait absolument que je les arrête.

— Aviez-vous oublié que ces bandits risquaient de vous massacrer ? interrogea Rann en fronçant les sourcils. Ne vous suffisait-il pas d'avoir sauvé la vie de tous par votre avertissement ?

Il lui lança un regard sévère, mais elle ne le remarqua pas. Les derniers mots de son compagnon retentissaient dans son esprit.

— Mais le jeune couple... la nouvelle case... Pourtant le toit en chaume a été balayé...

Pour la première fois depuis sa découverte de la destruction de la maison, Storm commença à espérer.

— Les mariés ont pu s'échapper à temps, comme les autres habitants du village. Grâce à vous, même les chiens ont été épargnés. Si vous étiez restée couchée au lieu de contempler le ciel sur la véranda, si vous n'aviez pas compris la signification de l'étrange flamme, si vous n'aviez pas sonné l'alerte aussitôt...

Son visage s'assombrissait de plus en plus à l'évocation des catastrophes évitées.

— Si vous n'aviez pas prévenu les marchands à grands cris, ils n'auraient pas regagné la berge à temps, l'interrompit la jeune fille. L'un d'entre eux a presque trop tardé avant de se mettre à l'abri.

— Il voulait emporter ses marchandises avec lui, expliqua Rann en éclatant de rire.

Cet accès de gaieté détendit considérablement l'atmosphère. Storm n'y participa pas : ce cauchemar était trop récent pour qu'elle partage l'insouciance de son compagnon.

— Lorsque les branches d'un arbre mort se sont abattues sur notre pirogue, et nous ont poussés vers le coude de la rivière, le commerçant a eu le loisir de réfléchir à son inconséquence : il allait expirer pour quelques bibelots.

— Il vous aurait entraîné avec lui dans son trépas. Je n'arrive pas encore à croire…

La jeune fille contempla Rann avec des yeux écarquillés dans son visage livide. Elle n'osait pas regarder ailleurs, par peur de se réveiller subitement d'un beau rêve.

— Nous avons frôlé la mort de près. Un remou a incliné notre épave vers la rive. J'ai saisi promptement l'imprudent, et nous avons sauté sur la terre ferme, évitant de peu la noyade. Nous avons dû agir vite avant d'être remportés par le reflux de l'énorme vague.

— Mong Chi a perdu, finalement, souffla Storm. Personne n'a été blessé. Les dégâts seront réparés, et vous avez récupéré l'ivoire.

— Que m'importent toutes les recherches de la terre si vous n'êtes pas avec moi ?

Une seconde plus tard, elle était dans ses bras. Rann la serra contre lui avec fougue, caressa doucement sa soyeuse chevelure bouclée, et déclara d'une voix rauque :

— Je ne supporterais pas de vous perdre. Si vous disparaissiez, ma vie serait finie.

Il l'attira tout contre lui, et ses lèvres se firent

exigeantes. Son baiser exprimait une avidité insatiable. Les souffrances passées furent englouties sous ce flot plus puissant qu'un raz-de-marée, et plus dévastateur qu'une explosion. Puis sa bouche effleura les boucles de sa compagne.

— Ne m'infligez plus jamais une telle peur. Ne m'abandonnez jamais, murmura Rann.

Il l'embrassait passionnément en attendant sa promesse, et scella son serment prononcé dans un souffle, de baisers brûlants sur sa gorge.

— Je vous aime… Je vous aime, gémit-il.

Son amour s'exprimait en mots décousus. Rann en ce moment était bien différent de l'arrogant exploitant, sûr de lui et autoritaire.

— Storm, ma chérie, voulez-vous m'épouser ? Je ferai n'importe quoi, j'irai n'importe où, mais ne me quittez pas…

La jeune fille avait trop souffert de l'incertitude pour le laisser dans le doute.

— Je ne vous abandonnerai jamais, chuchota-t-elle.

Tendrement, elle noua ses mains derrière sa nuque et l'attira contre elle, essuyant avec délicatesse les gouttes d'eau perlant à son front.

— Je ne pourrai pas gagner la côte avant un jour ou deux afin d'acheter une bague. La police réquisitionnera l'hélicoptère pour emmener les trafiquants en prison.

Storm s'en souciait guère, tout entière à la certitude de leur amour partagé.

— Offrez-moi une orchidée en attendant, poursuivit Storm d'un ton taquin.

— Je vous en apporterai une tous les matins, jusqu'à ce que nous disposions d'une place dans l'appareil pour nous rendre à Kulu. Nous nous marierons au consulat.

— Reviendrons-nous ici, après la cérémonie ?

— Cela vous ennuierait-il ? demanda humblement Rann. Si vous préférez, nous trouverons une maison sur la côte. Je suis obligé de rester dans la province de Kheval pendant encore un an, en attendant l'expiration de mon contrat. Je ne peux pas démissionner de mon poste : on m'a fait la faveur de m'engager dans cette entreprise, car je voulais connaître tous les aspects de l'exploitation forestière avant de travailler dans l'entreprise familiale. Mes parents importent du bois tropical en Angleterre.

Rann révélait par là la détermination de son caractère. Il ne redoutait pas de s'engager sur un sentier difficile. Storm s'était méprise sur la nature de sa force : elle ne venait pas d'un endurcissement, mais d'une grande maturité.

— J'aimerais mieux vivre dans le bungalow, déclara timidement Storm.

— Ne haïssez-vous pas la jungle ?

— Je l'ai d'abord crainte, admit-elle avec candeur. Mais c'est fini, à présent. Elle est tellement riche en merveilles...

— Vous en découvrirez bien d'autres, assura Rann avec enthousiasme. Je vous montrerai les étangs couverts de nénuphars, et les nids des tisserins...

— Il faudra me faire visiter le chantier.

— Il nous restera peu de travail à accomplir : la charge de dynamite a certainement détruit le barrage de roches, et l'autre bras de la rivière doit couler à nouveau.

— Comment le savez-vous ?

— Notre propre rivière s'est subitement calmée après la vague initiale, répliqua Rann d'un ton confiant. Cela prouve que l'eau a emprunté un autre chemin pour dévaler la pente. Nous n'avions pas osé utiliser d'explosifs à cause du risque de raz de marée. Mais à présent, tout est rentré dans l'ordre, et Krish surveillera les derniers déblaiements du chantier. Je serai libre de m'absenter quelques jours.

Il regarda Storm avec des yeux rayonnants. Son regard brûlant fit rougir les joues de Storm.

— Décidez où vous désirez aller pour votre lune de miel, demanda Rann d'une voix pressante. Les plages de la côte sont extrêmement agréables...

— Mais elles sont bondées de vacanciers, protesta la jeune fille en secouant violemment la tête. Laissons Krish et Li dans votre bungalow...

— *Notre* bungalow, corrigea-t-il.

— Pourquoi n'emprunterions-nous pas leur maison sur la réserve d'animaux ?

— Cette proposition me convient tout à fait.

— Il faudra que je prévienne le pilote de l'hélicoptère qu'il embarquera quatre passagers.

— Quatre ? reprit-elle, intriguée.

— Krish et Li nous serviront de témoins, précisa Rann en riant.

— Qu'arrivera-t-il à Mac ? s'enquit soudain Storm.

— J'ai déjà intervenu en sa faveur. Il sera simplement accusé d'avoir tiré un éléphant sans permis. Il évitera la prison, mais paiera une forte amende.

— Je n'ai pas volé sa montre en or, affirma tout à coup Storm.

Elle venait de se souvenir brusquement de l'accusation qui avait pesé sur elle, et voulait s'en disculper définitivement.

— Mac n'a jamais rien possédé de tel. Il avait saisi ce prétexte pour interrompre mon interrogatoire, expliqua Rann avec un large sourire.

Son visage se fit plus grave pour questionner :

— Accepterez-vous d'abandonner votre carrière ? Si vous m'épousez, vous devrez renoncer à la scène.

Son anxiété se discernait dans le tremblement de sa voix, et dans la sombre ardeur de ses prunelles.

— Il ne s'agit pas de « si », mais de *lorsque* nous nous marierons, corrigea Storm d'un ton assuré. Je ne compte pas passer le reste de mon existence à représenter les destins d'autres personnages. Je veux vivre ma vie.

— Vous aviez rêvé de devenir célèbre. Vous y seriez parvenue si...

— Je préfère la réalité à n'importe quelle chimère, déclara Storm.

La jeune fille se blottit contre Rann et lui offrit ses lèvres afin d'apaiser ses doutes. Pendant une longue minute, ils s'étreignirent, fondant le présent et l'avenir dans ce lien enivrant.

Les Prénoms Harlequin

STORM

En anglais, ce prénom signifie «tempête». Alors, rien d'étonnant à ce que celle qui le porte possède un tempérament... explosif! Vive et impétueuse, elle se laisse parfois dépasser par ses propres émotions mais elle s'empresse tout aussi vite de faire amende honorable auprès de ceux qu'elle a pu offenser. En tout cas, sa joie de vivre est contagieuse, alors que demander de plus?

Ce n'est pas sous son meilleur jour, pourtant, que Storm Sheridan se montre à Rann lors de leur première rencontre...

Les Prénoms Harlequin

RANN

Plutôt rare, ce prénom distingue celui qui le porte du commun des mortels. Etre réservé et taciturne, il fuit les artifices du monde et se réfugie dans le travail où il déploie une énergie exceptionnelle. Mais ce n'est pas non plus un timide : agressé, il se met dans des colères formidables dont on se souvient longtemps après… Un ours… mais qui ne cherche qu'à être apprivoisé !

Aussi Rann Moorcroft ne résiste-t-il pas au charme juvénile de Storm, bien que cela ne se passe pas sans quelques orages !

Éternelle jeunesse du roman d'amour!

On a l'âge de son esprit, dit-on. Avez-vous jamais songé à vérifier ce dicton?

Des romancières célèbres telles que Violet Winspear, Anne Weale, Essie Summers, Elizabeth Hunter… s'inspirant du vrai roman d'amour traditionnel, mettent en scène pour votre plus grand plaisir héros et héroïnes attachants, dans des cadres romantiques qui vous transporteront dans un monde nouveau, hors de la grisaille du quotidien. En partageant leurs aventures passionnantes, vous oublierez soucis et chagrins, vous revivrez les émotions, les joies…la splendeur…de l'amour vrai.

Six romans par mois…chez vous…sans frais supplémentaires…et les quatre premiers sont gratuits!

Vous pouvez maintenant recevoir, sans sortir de chez vous, les six nouveaux titres HARLEQUIN ROMANTIQUE que nous publions chaque mois.

Et n'oubliez pas que les 6 vous sont proposés au bas prix de $1.75 chacun, sans aucun frais de port ou de manutention. Pour vous assurer de ne pas manquer un seul de vos romans préférés, remplissez et postez dès aujourd'hui le coupon-réponse suivant: